蒙古国文学经典译丛

蒙古国文学经典·诗歌卷

哈森 译

琛·达木丁苏荣 等著

内蒙古出版集团
内蒙古人民出版社

图书在版编目（ＣＩＰ）数据

蒙古国文学经典.诗歌卷/(蒙)琛·达木丁苏荣等著；哈森译.—呼和浩特：内蒙古人民出版社，2016.5

（蒙古国文学经典译丛）

ISBN 978-7-204-14073-2

Ⅰ.①蒙…Ⅱ.①琛…②哈…Ⅲ.①诗集—蒙古—现代

Ⅳ.①I311.15

中国版本图书馆 CIP 数据核字 (2016) 第 133204 号

蒙古国文学经典　诗歌卷

作　　者	[蒙古] 琛·达木丁苏荣等	
译　　者	哈森	
责任编辑	朱莽烈	
封面设计	苏德佈仁	
出版发行	内蒙古人民出版社	
地　　址	呼和浩特市新城区中山东路 8 号波士名人国际 B 座 5 楼	
印　　刷	内蒙古爱信达教育印务有限责任公司	
开　　本	680×960　1/16	
印　　张	13.5	
字　　数	185 千	
版　　次	2016 年 6 月第 1 版	
印　　次	2016 年 6 月第 1 次印刷	
印　　数	1—4000 册	
书　　号	ISBN 978-7-204-14073-2/I·2716	
定　　价	28.00 元	

图书营销部联系电话：(0471) 3946298　3946267

如发现印装质量问题，请与我社联系，联系电话：(0471) 3946120

"不是因为会唱才要唱歌"，蒙古国的诗人，如同她的歌者，不是因为会写才要写诗。百年间的经典诗人，传递了他们心中的世界，世界中生命原本的含义。生命从依存的世界万物中汲取的和给予的，只是他们作为高山草原的倾听者、感知者、思想者和创造者，去行使灵魂的觉悟。他们心里的动静，除了沉默和冥想，就是沉默和冥想外化了的音乐和诗，就是永不止歇地与世界不断达成的和解和备忘；灵魂在那一时刻，通向远境、渗入地心，映照在他们诚实的声息中、悲悯的凝望中和安详的等待中。他们的诗，映照了蒙古高原，也映照了世界。

——中国作家协会创联部副主任、著名作家　冯秋子

　　蒙古国的诗歌抒情、优美、质朴，它是草原之上的月亮，是尘世生活中盛开的花朵，也是土地之下埋藏的钨矿。百年蒙古诗歌，它是时间检验的结果，它有着自己的诗歌传统、传承与审美，它是蒙古人的精神史、是蒙古人的心灵记忆。邻邦的文学值得关注，作为第一部翻译过来的诗歌选本，他们的诗歌就像一面借过来的镜子，让我们有一个总体性的观照，看到更多。感谢哈森把另一个蒙古送给我们。

——《诗歌与人》主编、著名诗人　黄礼孩

代序
我的诗歌，我的骏马

据我所知，向汉语读者如此集中展现蒙古国诗人的作品，尚属首次。《蒙古国文学经典——诗歌卷》中的十七位诗人个性鲜明、写法各异，既有流畅简洁的民歌式作品，又有令人深思的哲理诗，甚至包括带有后现代主义色彩的诗。

在蒙古，无论是蒙古包还是都市，踏出一步便是广阔世界，四面八方扑面而来。诗人们没有将世界拒之门外。奥·达什巴勒巴日在《我是个穿着白色衣衫的小男孩》中写道："时光在我身旁流逝／赶不上飞驰的我……／／原野跟随着我，山峦追赶着我……／无尽的世界，向我敞开永恒之门。"他们就这样带着原野，带着山峦，奔向世界。从巴·拉哈巴苏荣的深邃，罗·乌力吉特古斯的智慧，达·乌日央海的博大，贡·阿尤日扎那的禅意，巴·嘎拉桑苏和的叛逆，以及高·孟克琪琪格的柔情，都可以倾听到传统与现代、现代与后现代的多元交响。

他们在大地上诗意地游牧着，旅途中充满了发现。仁·却诺木是蒙古诗坛一匹桀骜不驯的烈马，短暂的一生留下了无数传奇和众多脍炙人口的作品。他喜欢流浪，喜欢游走，喜欢"观看无数山水／翻阅未曾写进诗行的荒路"。他的短诗《今晨起床……》是这样写的："今晨起床 / 照镜子 / 我不见了！// 那个歪曲的鼻子 / 蓬乱的头发，胡子 / 都不见了！// 唯独 / 两片大海子 / 以大地上的 / 幸福和痛苦 / 在澎湃…… / 这 / 原来是我的双眼。"诗中那穿透一切的凝视，使他发现了澎湃的自己。达·乌日央海在《醒》中写道："布谷鸟声隐去时 / 感觉世界死了一般 / 我惊讶，自己还活着！"这与他另一首诗中的"只要晴朗的天空上有鸟儿鸣唱，我就活着"，并不矛盾，且有着互文性。诗与诗之间、生与死之间，接受与反叛同时共存。更惊人的发现来自另外两位诗人：奥·达什巴勒巴日说，"小跑一站地抬头望月时 / 看得见月亮上有我的模样"（《黑狼》）；巴·嘎拉桑苏和说，"死亡是天 / 我是启明星"（《无题》）。自己在月亮上的模样与死亡中的照耀，这无疑是诗人才能抵达的境界。

诗人们用诗的方式发现了自己，也发现了世界的诸多秘密。巴·拉哈巴苏荣在《寂静中的喧哗》中写道："脉搏中的血液犹如江河咆哮 // 太阳自上而下 / 大地自下而上 / 彼此撞击澎湃 / 发出巨大的声响 / 在小草的芯里 / 日与夜欢呼奔跑 / 想你到无言时 / 每一个细胞都低吟你 /…… 你在远方的远方 / 却在我脑海中狂笑。"大至太阳，小到一棵青草，身体与大地，远和近……一切汇聚于诗人的脑海，并在想象力最旺盛的一瞬迸发，变成一首绝妙的诗。在沙·朵勒玛的眼里，"大汗城池的遗址上 / 诉说着传说的石人"则是"将火热的心中忧伤 / 沉浸石头的女人石"。这是女诗人与石人神秘的共鸣。罗·乌力吉特古斯在《死亡的预兆与美丽》中说："雪一停，我就要离开这里 / 时间也会停止，鱼儿去找妈妈 / 活在人世时被呼唤的名字留在石头上……"那是她被世界上所有的鱼儿和星星呼唤过的名字。同样是"死亡"，在她的先生贡·阿尤日扎那的诗里，却散发着"哪里都没有的气味"，"其实又像生活"。

在博·雅布呼朗看来，诗歌就是骏马。他说："我的骏马，我的诗歌 / 你我的心中有一个秘密的远方！"蒙古语的 Shuleg（诗歌）与 Huleg（骏马），只差一个音。这也许只是一种偶然，但是对于具有游牧基因的诗人们而言，把诗歌比喻成骏马，是一件再自然不过的事情。如果没有马，蒙古人的世界是无法想象的，过去如此，现在依然如此。正如达·乌日央海的《永恒之因》中所写，"只要原野上有人策马驰骋，我就活着／我对那个身影爱得不得了／只要河畔有几匹马驹嬉戏，我就活着／我对那个动物爱得不得了"，马是最动人的生灵，是蒙古人生命的一部分。

虽然有时"黑色墨水般漆黑的夜晚／信心像小黄点暗淡无光"（仁·却诺木《寒夜》），但是"马儿奔跑不停蹄／总会抵达要去的地方"（琛·达木丁苏荣《克鲁伦河》）。因为诗人"占据着无边的辽阔／在穿越群星之时／从苍穹的腹中，再次诞生"（奥·达什巴勒巴日《我是个穿着白色衣衫的小男孩》）。写诗，如骑马驰骋，他们的故乡永远在远方。

蒙古时间茫茫无际，在那里百年是一朵正在绽放的花。百年，让人产生一种"走上高山之巅举目四望／远方远得苍茫无边"（达·纳楚克道尔基《思念》）的感慨。百年，是一个吉祥的词，它内含悠久、完美之意。百年也是永恒中的一瞬——然而这些美好的诗歌让它新鲜如初地活着。

宝音贺希格
2016 年 1 月

目录

目录
contents

目录
contents

目录
contents

目录
contents

目录
contents

琛·达木丁苏荣

　　琛·达木丁苏荣（1908—1986），
蒙古国著名文学家、诗人、翻译家、
语言学家和历史学家。1908年生于
东方省玛塔达汗敖拉苏木的牧民家
庭，1986年逝世。曾为蒙古国作家
协会主席、蒙古国科学院院士，被
誉为当代蒙古国三大文豪之一。代
表作有《我的老母亲》《远行》等多
部作品集。

克鲁伦河

清澈碧蓝如水晶
克鲁伦河长又长
流水涓涓波光闪
音韵优美似琴弦

风儿阵阵送清爽
仿佛传来欢快的歌
原野上的年轻人
歌声悠扬心舒畅

辽阔美丽的草原上
风儿自由尽情吹拂
宽广无边的土地上
人们自由纵马驰骋

克鲁伦河急流奔腾
不知此去要见谁
原野清风呼啸而去
不知这般奔向谁

马儿奔跑不停蹄

总会抵达要去的地方
人儿急急加马鞭
就能到达爱人的故乡

创作时间：1945 年

你那缠绵的眼神

你那缠绵的眼神
像秋水泛着柔波
在秋水的柔波里
我的心儿融化了

你的面貌真清秀
像是新雪一样美
请你赐予我一片雪
哪怕落在唇间即化

我用秋水和新雪
比喻了你的面容
每当坐在你面前
却似太阳一般暖

你是太阳，我的仙女
望着我，你在笑
请你明白我的愿望
只想一直在这阳光下

创作时间：1938 年

植物中的美

据说植物中的美在花丛里
据说人群里的美在女人中
心底善良的人必然最美丽
绝色佳人必定是世间风景

你有善良的心吗？有的，亲爱的
你有俊美的容颜吗？有的，亲爱的
我感觉到你的心像太阳一样温暖
世人看到你的脸像月亮一样清秀

你那忽闪的眼睛，微笑的模样
你那愉快的神情，安详的样子
消散了我的寂寞，唤起我的激情
唤起了我的激情，快乐无法言喻

在你的身旁谁都快乐，谁都微笑满面
你从来不说生气的话，面露生气模样
看着你举止优雅，感受你性情温和
即便是对你不友好的人也会帮助你

坐在你身旁，浑身觉得温暖

与你相伴而行，脚步也轻盈
看不见你的时候你在我心里
亲爱的你说说这是什么原因？

读到这首诗歌不过是纸和墨
反复品读可寻味词语和意义
像美妙的音乐这是我的心声
细细回味可懂得真爱的纪念

创作时间：1934 年

爱情

纯真的情谊堪比金子珍贵
灼热的爱恋堪比心脏珍贵
你不在的时候茶饭亦无味
在你的身旁白水尝出蜜糖
朋友你是否为此感到好奇
跟你说实话我已坠入情网
想捡起世间一些庞然大物
摆放在一起比一比看一看
比一比大海和高山的大小
说一说太阳和月亮的光亮
诉一诉你和我的深情厚谊
谈一谈爱情的甜蜜和美妙
说着甜蜜的话语拥抱你的身体
拥抱你柔美的身体亲吻你的芳唇……

创作时间：1934 年

思念

与亲爱的人相见时
像是春天的花朵般绽放
与亲爱的人离别时
像是秋天的树叶般枯萎

枯叶虽凋零
待到春季还发芽
爱心若坚固
今日分别又如何

人虽远隔天涯
相爱的心越来越近
若是爱情坚固
天遥地远也无妨

走到室外望一望
天地苍茫空荡荡
寂寞地坐在窗前
心中想念一个她

怀想相见的一日

不由兴致盎然
不由兴致盎然时
心智越发清楚

相思的人儿相见
世间最好的幸福
永恒的那份幸福
但愿马上能来到

创作时间：1972 年

斧头

咚咚咚，门响了
像是官员的人来了
"暂用一下，老兄"
借走我家砍柴的斧头

从此过了很多天
官员同志没再来
多日之后才明白
不是暂时而是长久的意思

收集的柴火再多
没锋利的斧头不行
相信了骗子的话
自己受尽了苦头

孩子哭着要喝热牛奶
妻子生气问斧头去向
惹了苦恼想起没问其名
导致了损失，没了斧头

从此之后我的心里

经常滋生一些怀疑
由衷产生信任情怀
于我来讲越发困难

相信世间所有的人
我的天性原本善良
那个家伙骗走斧头
也偷走了我的信任

锋利的斧头容易得到
信任的心却不好获得
除了盗走信任的行为
世间没有再恶毒的事

创作时间：1961 年

格萨尔英雄赞

你有着猛虎的力气
你手握着威武大刀
敬仰的心望着英雄
内心激越无比自豪

你是百兽中的雄狮
是人民心中的苏勒德①
钦佩的心望着英雄
内心激荡无比骄傲

你是国家的栋梁
你是人民的依靠
亲爱的英雄们出发吧
战胜侵敌凯旋归来

你是平安盛世的保障
你是黎民百姓的靠山
尊贵的英雄们出发吧

---

① 苏勒德：蒙古语，意为长矛、旗帜。苏勒德是一只大纛，它象征着长生天赐予成吉思汗的佑助事业成功的神物，是成吉思汗统率的蒙古军队的战旗，蒙古民族的守护神，战无不胜的象征。

镇压强敌凯旋归来

你们要所向披靡
获得勇士称号
你们要战无不胜
名扬天地之间

创作时间：1941 年

达·纳楚克道尔基

达·纳楚克道尔基（1906—1937），蒙古国著名作家、诗人，蒙古国启蒙文学家和现代文学奠基人。1906年生于中央省巴彦德勒格尔县，1937年逝世。他在短暂的一生中留下的文学名篇佳作有诗歌《我的故乡》，散文《青灰马》，短篇小说《旧时代的儿子》《喇嘛的眼泪》《白月和黑泪》，剧本《三座山》等大量作品。

印度女郎

古代印度艳丽衣裙装点了腰身
袒露健美的前胸彰显娇艳妖娆
美目顾盼聪慧百媚真讨人欢喜
真想结识你，年轻的印度舞女

创作时间：1930 年

秘密情人

每当相遇人群中
四目自然相对望
谁也无法看明了
两心同时燃烛光

日后相约在林中
以解相思之渴盼
唯有身边花知晓
朝着你我微微笑

相见虽然是瞬间
别后却是万万念
无论何时与何地
心儿隐痛情相牵

创作时间：1930 年

思念

和煦的春天再一次来临
花叶绽放美丽了这世界
我的心上人你何时到来
让我的心儿欢喜和幸福

走上高山之巅举目四望
远方远得苍茫无边
若是我身有双翅该多好
迎着你飞到你身边

明亮的太阳忽然临近
又是到了闪光的夏天
忠心的爱人你该来见
在我的心间点亮烛光

天空中鸣唱的小鸟声
为牧人送去歌声和愉悦
身在远方想念我的你
成了我心中唯一的思念

创作时间：1931 年

西北山头上

远处的西北高山之巅
午后太阳寒暄后落下
坐在屋子西墙下的我
凝望着她的背影怅惘
洁白的云朵在蓝天上
漂浮成红黄云霞闪光
可怜的她的祝福显现
让我向往远方的美好
相隔遥远如白昼黑夜
折磨着两颗相思的心
可怜的心儿近在咫尺
穿越虚空亲吻在一起

创作时间：1931 年

爱情

山清水秀风光好
小鸟鸣唱亦清脆
初心始终一个样
言辞和谐心温暖

心心相知的爱人
情谊比黄金珍贵
得到这样真情意
并非金银能换来

真情实意好感情
世上罕见实难寻
人生路上能相遇
可谓世间真幸运

相遇相逢两颗心
好比黄金一千两
无缝无隙心坚定
针尖亦是无处钻

所谓爱情两个字

敏感脆弱没办法
哪怕小小触伤她
易碎易破似水晶

我的额吉

蒙古的美丽月亮是生养我的额吉
唱优美的温柔歌谣抚慰我的额吉
用柔软的纤纤玉手指引我的额吉
以智慧的动听言语教诲我的额吉

我的故乡

肯特、杭爱、萨彦 ① 高耸壮美的山脉
装点北方大地的巍巍林海群山
漠南、沙尔嘎、诺敏 ② 浩瀚无际的戈壁
称奇南方大地的茫茫无边沙漠
这是我生长的地方
美丽的蒙古故乡

克鲁伦、鄂嫩、图拉 ③ 清澈圣洁的河流
甘露般滋养众生的溪流和泉水
呼布斯古勒 ④、乌布苏、贝尔 ⑤ 蓝色的深湖
仙露般哺育人畜的绿洲和湖泊
这是我生长的地方
美丽的蒙古故乡

鄂尔浑、色楞格、呼辉 ⑥ 风光旖旎的江河
蕴藏丰富矿产的连绵无尽山峦

---

① 肯特、杭爱、萨彦：均为蒙古国山脉名称。
② 漠南、沙尔嘎、诺敏：均为蒙古国沙漠名称。
③ 克鲁伦、鄂嫩、图拉：均为蒙古国河流名称。
④ 呼布斯古勒：蒙古国地名，中文地图上标为"库苏古勒"。
⑤ 乌布苏、贝尔：均为蒙古国湖泊名称.
⑥ 鄂尔浑、色楞格、呼辉：均为蒙古国河流名称。

记载着苍茫历史的千古碑石和城垣遗址
奔向遥远天际的宽广不尽道路
这是我生长的地方
美丽的蒙古故乡

远处闪耀银光的巍峨壮观的雪山
蔚蓝色的晴空下一马平川的旷野
站在山巅之上能望见遥远的天边
令人心旷神怡的广阔无边的草原
这是我生长的地方
美丽的蒙古故乡

杭盖和戈壁之间喀尔喀① 辽阔的故乡
自幼的年华纵横驰骋的地方
自由狩猎骑射的长长的峡谷和山梁
飞驰着骏马蹄声如火的旷野
这是我生长的地方
美丽的蒙古故乡

微风中摇曳着清香的嫩草
原野上闪现着奇异的幻景
巴特② 好汉辈出的险峻自然环境
传承苏勒德之祭的神圣的敖包
这是我生长的地方
美丽的蒙古故乡

---

① 喀尔喀：中国清代漠北蒙古族诸部的名称。初见于明代，因分布于喀尔喀河而得名。亦为现今蒙古国别称。
② 巴特：蒙古语，意为英雄。

绿油油的草滩是放牧的好地方
纵横交错的山梁清丽秀美
一年四季有着自由迁徙的空间
五谷丰登的土地肥沃富饶
这是我生长的地方
美丽的蒙古故乡

摇篮似的大山怀抱着长眠的祖先
慈祥的草原哺育生生不息的子孙
健壮牛羊遍布在水草丰美的牧场
你是我们蒙古人世代爱恋的家园
这是我生长的地方
美丽的蒙古故乡

严寒的冬季山野素裹银装
犹如耀眼的水晶散发着光芒
炫彩的夏季山川花草葱茏
百鸟自远方来鸣唱动听歌谣
这是我生长的地方
美丽的蒙古故乡

阿拉泰①到兴安岭间美丽富饶的地方
是我们蒙古人祖祖辈辈生息的家园
金色的阳光照耀下平安吉祥的土地
银色的月光照耀下永远闪亮的故土

---

① 阿拉泰：蒙古国地名，中文地图上标为"阿尔泰"。

这是我生长的地方
美丽的蒙古故乡

匈奴时代开始祖先是这里的主人
蓝色蒙古时期强盛无比的家乡
世代居住的地方情牵天涯的故乡
而今是新蒙古红旗飘扬的地方
这是我生长的地方
美丽的蒙古故乡

哺育我们的故土是我们至爱的家园
若有敌人侵犯我们将誓死捍卫
天人吉缘的土地上建设革命的祖国
让它傲然屹立未来的历史舞台
这是我生长的地方
美丽的蒙古故乡

五洲四海传颂着蒙古的传说
为了蒙古故乡我们心心相连
自幼学习的母语不可忘却的文化
至死生息的故乡永不分离的地方
这是我生长的地方
美丽的蒙古故乡

创作时间：1933 年

博·雅布呼朗

　　博·雅布呼朗（1929—1982），蒙古国著名诗人，国家奖金和蒙古人民共和国功勋文化活动家称号获得者。1929年生于扎布汗省，1982年逝世。著有《银马嚼的声音》《野宿的月亮》《哈腊乌斯湖的芦苇》等十多部诗集。

图拉河的夜晚多美好

图拉河的夜晚多美好
波光旖旎流水绵绵
两只黄鸭相伴游水面
闻声远方忽而鸣叫

望着水流中畅游的月亮
细数着水中漂浮的星星
怀念昔日朦胧的过往
喜欢在河边待到天亮

轻轻耳语的柔嫩树叶
为我唱起夜晚的歌谣
靠着一棵古老的紫桦
喜欢整夜倾听这歌唱

创作时间：1957 年

你会来见我

不会太久，不久天就会亮，不会太久
辽阔的大地上太阳会升起，不会太久
不会太久，不久会有敲门声，不会太久
有缘的你会来见我，不会太久

不会太久，不久太阳升起，不会太久
初升的太阳照耀大地，不会太久
不会太久，不久你会来见我，不会太久
慧心的你来给我幸福，不会太久

创作时间：1970 年

游牧人的秋天

绿松在摇曳
黄叶在飘零
山头漫着薄雾
候鸟向南飞
白露已成霜
草尖顶着清霜
原野已泛黄
牛羊在游荡
忽然牧人心动
风儿轻轻吹
幪毡在飘荡
无奈尘埃四起
牧户在迁徙
恋人已远去
哎呀，霍日海 ①
游牧人的秋天！

创作时间：1956 年

---

① 霍日海：叹词，惋惜、怜惜、疼惜。

不是因为会唱才要歌唱

不是因为歌喉嘹亮
才要歌唱
微风中遛马鬃毛飞扬
驰骋的小伙歌声清亮
不由心动的我
不是因为歌喉嘹亮
才要歌唱

不是因为会唱歌
才要歌唱
倒映着蓝天上的云影
民歌的河流呼啸而过
不由伤感的我
不是因为会唱歌
才要歌唱

降生到斑斓的世界是有因由的

降生到金色的世界是有因由的：
打破了父亲家庭的宁静
让慈母受尽十月怀胎之苦
成他们的孩子让父母高兴
降生到金色的世界是有因由的

降生到光明的世界是有因由的：
破坏无辜的鸟窝打碎鸟蛋
懂得了悲悯，知道了谨慎
疼惜懵懂年华的内心隐痛
降生到光明的世界是有因由的

降生到斑斓的世界是有因由的：
豪情放马的辽阔草原上
遇到初恋融化狂野的心
无缘再相伴而一生怀念
降生到斑斓的世界是有因由的

降生到尘埃中的世界是有因由的：
听着小小的婴儿夜半的哭声
感受我曾带给父亲家的苦乐

如数经历着父辈的酸甜苦辣
降生到尘埃中的世界是有因由的

降生到如歌的世界是有因由的：
歌唱中想看见母亲的流泪
感知着歌声有如此的魅力
想谱写歌曲，与歌声同在
降生到如歌的世界是有因由的

降生到大地上的世界是有因由的：
为了在马背上的家园生活
为了让我的子孙骄傲地说
我以儿子的赤诚热爱祖国
降生到大地上的世界是有因由的

创作时间：1959 年

繁星潜入水中

傍晚时分请到河边
坐在浓荫下慢慢等待
打着光伞缓缓降落
繁星在夜晚潜入水中

每当四周无声地寂静
初星一颗会降落水中
当它在水里漫游许久
其他的星辰一并降落

请在故乡宁静的夜晚
观看星辰游弋水中吧
划着片片光辉，如炫皎洁的身躯
像是我们的姑娘们神采奕奕

请不要往河里投掷石子
星辰像我们的姑娘们那么羞涩
若是你惊动了水中的波纹
美丽的星辰定会逃离而去

月光下请你别发出声响

陶醉于故乡美好的夜色吧
天上的星星会游弋在清亮的水中
它们选择图拉河潜入水中

创作时间：1969 年

我的诗歌，我的骏马

我的诗歌，我的骏马
你我一定要歌唱到露水凝着泪花哭泣！
我的诗歌，我的骏马
你我一定要歌唱到月亮含泪露宿草原！

若要唱到让金色的太阳从掌心升起
作为诗人我必须有一副嘹亮的歌喉
若要把歌声传遍世界的每一个角落
我的骏马，你一定要有坚韧的毅力

我的骏马，我的诗歌
我们的人民有一句无语的叮咛！
我的骏马，我的诗歌
你我的心中有一个秘密的远方！

夜晚的无眠，永不厌倦的诗歌
是从我的心灵站立而生的骏马
毫无吝啬于你我的天赐的灵感
来自蒙古人民，你我不会忘记！

我的骏马，我的诗歌，快快奔跑！

彰显骏马的韧性，需要路途遥迢
你要想着人民的叮咛不停地驰骋
骏马和我需要更广阔的世界舞台！

百马之首与我并肩世界诗歌的舞台
我们的人民不会责怪我们
不许在漫长征途中失去信心和慧心
让尘埃玷污了你我的额头！

我的诗歌，我的骏马
你我一定要歌唱到露水凝着泪花哭泣！
我的诗歌，我的骏马
你我一定要歌唱到月亮含泪露宿草原！

创作时间：1977 年

仁·却诺木

　　仁·却诺木（1936—1979），蒙古国现代最杰出的诗人。1936年生于肯特省。诗人生前无名气，死后散诗被人结集，近年声誉日隆。却诺木是一位多产诗人，尤擅写情诗。代表作有《却诺木诗选》等。

我是喜欢流浪的人

我，是喜欢流浪的人！
观看无数山水
翻阅未曾写进诗行的荒路
我喜欢游走！

与众多的人见面
看看工厂，城市居民区
听亡者的话语，给新生儿起名
愿意相信故事与传说

从帝王的服装到奴隶的帽耳
想穿所有看到的一切
不厌其烦地恋而再恋
希望爱一个承受得起爱的姑娘

希望品尝到所有的美味
想喝酒、吸烟和唱歌
希望极度开心并兴奋
想狩猎、盖房和聚会

如果我对所有这些都厌倦
那大概我对谁都没有用了！

创作时间：1977 年

小小训言（之二）

生为尘世中的一个人
你要学会尊重所有人！
世上除了人没有更强大的生命
你要懂得对人畏惧和谨防！

你若懂得心善而非恶
不是佛陀，而是人会解救你
你若欺骗、心怀恶意
不是魔鬼，而是人会消灭你！

人心无论是智慧还是愚钝
是容易开花的肥沃土地
若是你哪怕用对自己无谓的事
帮助了哪一个需要扶一把的人

她的心间生长为你盛开的花园
未知的将来你会品尝其果实
所有的事物不会停止在某一天
不会跟所有人都只是一面之缘

在生活诸多山路的某一个地段

无法预料遇到幸运还是不幸！
永远别忘记刹那间的机缘巧合
也许百年之后它会因果轮回

请不要不在意些许小事
或许在他人心中留下痕迹
漫漫岁月中它会向着你
长成密密麻麻的原始森林

得意时你会忘记昔日所为
疲惫时会走进那片森林
迷失方向困在毒荆棘丛中
受到残酷惩罚悔之莫及！

财产、名誉和官职
年老时的福气、年轻时的力气以及朋友
哪个都是今天的存在明天的空
唯独巴掌大的颜面时刻伴随你！

无论对敌人，还是对朋友
始终辨别你的活生生的名片
即是你生死之间的那张面容
莫在这张纸上书写笑容以外的其他！

创作时间：1975 年

若是时辰已到

在我依然活在人世的时候
亲爱的，你要像样地爱我
就当我是再也得不到的宝贝
请你给我全部的最好的温情

在尘世上留下足印的时光
为人民歌唱的岁月
跟心爱的你甜蜜的日子
像佛珠一串儿，是有限的……

当我走到人生尽头的那一天
请别跟死亡争夺你的爱人，折磨我
活着的时候，不在乎你该给我什么
别当我过世，捂嘴懊悔折磨你自己

来到世界上的人终归要回去
一对情人定是一个先于另一个
水面绽放的莲花也有枯萎的一天
乌木紫檀树也有倒下的一天

早晨升起的太阳傍晚会落下

展翅高空的鸟儿也会飞落大地
奔腾不息的江河也有枯竭的一天
何必追思小小的我，不停哭泣

无论哪一天我离你而去
我说的话都会留在你心间
脆弱的躯体会长眠于山野
书写的诗歌却长存在人间

创作时间：1979 年

致读者

气象局怎么不经常播报
无雪，无风暴，无雨
恒温二十度的好天气
因为那是自然的真！

真正的诗人怎么不经常写
没有死亡，没有痛苦，没有寂寞
幸福的欢乐颂歌
因为那是生活的真！

我不是用单调的韵律
哼唱小调的季候鸟儿
若是我的诗歌不能给读者说些什么
艺术和我存在又何用！

若是不懂"真"这一道理
请你不要再读我的诗歌！

创作时间：1976 年

寒夜

惆怅的心一样空寂的原野上
刮着暴风雪的漆黑夜晚
像是离开大海的一条鱼
离开亲密的爱人，我失眠了

蒙古包上幪毡被风吹动
头枕枕头的我心儿忧伤
黑色墨水般漆黑的夜晚
信心像小黄点暗淡无光

蜷曲在宽大的被窝一角
怀里一阵阵凉风袭来
很多想法像星星一样美丽
直到清晨像城市一样遥远……

创作时间：1976 年

爱情

爱情，世界上这个奇妙的词
公开热议的五十年代
我走上爱情的舞台
上演了属于自己的《罗密欧与朱丽叶》

虽说我爱别人，爱得很是热烈
自己却经常在那份爱中燃烧
我把自己的心多次掏给别人
任人踢来踢去，也曾反踢过别人

自从这世界上人类诞生
直到二十世纪的我
爱情这个东西不过如此
都是效仿而已，没什么新意！

唯独人会老去，爱情永远是新的
天真的心会被磨损，欲望却不会
它像是空气、餐和梦一样
反复品尝和享受的美妙感受

我用爱情也曾搭建过房子

建造过雪白的宫殿

也曾建造过简陋的窝棚

它们坍塌时结局都一样

我多次在爱情的舞台

上演过各种各样的喜剧，也演过悲剧

以为是胜利，却曾失败过

爱情这东西越挫越有味

如今一想，我在那舞台上

获得甚少，失去太多

不过又能如何，我没杀过人

也不曾被谁杀掉

无罪亦无功绩，然而

在爱情的舞台上

我不是恶毒的亚戈 ①，我还是有所贡献的！

创作时间：1972 年

---

① 亚戈：莎士比亚《奥赛罗》中的人物。

今晨起床……

今晨起床
照镜子
我不见了！

那个歪曲的鼻子
蓬乱的头发，胡子
都不见了！

唯独
两片大海子
以大地上的
幸福和痛苦
在澎湃……
这
原来是我的双眼

沙·朵勒玛

　　沙·朵勒玛（1930—　　），蒙古国著名女诗人，1930年生于东方省。曾获蒙古国作家协会奖、达·纳楚克道尔基奖，号称蒙古国诗歌女皇。著有《清晨》《启明星》《银弦》《蓝色的星球》等数十部诗集。

不踩你的影子

不是因为信仰
而是因为有爱
连你的影子都不忍踩在脚下
珍视你作为男人的
至尊风马
真心真意
我爱护着你
你那身怀光与影的
灵感之神
你的足印
你投射的影子
无论哪一样
在这个尘世上
不属于任何人
理应只属于
极度钟爱你的我

创作时间：1990 年

呵护彼此吧，女人们

呵护彼此吧，女人们
直到感化这人世间
即便男人不爱我们
用温情呵护彼此吧
我们一样会爱上英俊的小伙子
我们一样在月光下哼唱摇篮曲
我们一样吸引男子的疼爱撒娇
我们一样为爱心怀忧伤和痛楚
喜欢打扮，我们都一样
易感悲喜，我们都一样
感动与爱恋时，我们都相似
愤慨和恼怒时，我们都一样
在这世上我们性别相同
怀揣慈悲我们心底一样
为儿女心忧的母爱相同
背负着妻子的义务一样
因为这些啊，女人们
不要说彼此的不是
如果有谁在残酷的生活中失了足
请你一定用爱的火焰给予她温暖
请以善良的品格与心地

呵护彼此吧，女人们
莫在人前虚伪夸赞彼此
背地里却恶语中伤
莫在别人面前诋毁
与自己一样的女子
向上抛掷的石子
或许一日落在自己头上
若比别人走运就庆幸吧
不要耻笑背运的那一个
罪孽与福祉轮回的世上
谁能知道将来遇到什么
莫排挤彼此盛气凌人
人生无常祸福难预料
当你炫耀一时的时候
灾难也许降临你身上

呵护彼此吧，女人们
要思量生活中会遇到无底的深渊
请爱惜名声，无论自己的还是他人的
尘世的风啊，无论冷暖吹来是一样的
不要以穿着的良差来衡量彼此
不要以礼物的轻重来掂量彼此
崇尚人格魅力作为友谊的牵引
在轮回无尽的尘世间爱惜彼此
记得自己是有着洁白乳汁的母亲
时刻要有一副仁慈的心怀
定要时常左思右想

飘洒着乳汁祝福一切美好
只要我们呵护彼此啊，女人们
哪里还会有像我们一样幸福的人
要在冰封的大地里培育花朵
要用智慧的眼睛阅览这人间
呵护彼此吧，女人们

创作时间：1990 年

心弦震动

心弦震动

山巅上雾霭汇集

卷层云外太阳朦胧

忧伤的思绪中心儿酸楚

天的泪在叶子上

一滴滴地掉落

信心全无时

爱也空空

月儿潜入云层后

所有的一切

被人世的尘埃掩埋

非凡的阴影

沉落心中

心弦

悲戚而震

觉悟之轮回中

忧伤云集

跌撞在

毫无光亮的命运中

寂寞

刺痛着心

生活有爱才幸福

阿爸耿直倔强的性格
思考一切的学识智慧
富有远见的深沉情怀
深深感动的伟大父爱
斑驳的尘世告诉我
生活有爱才幸福

额吉慈悲善良的心怀
充满爱怜的温柔歌谣
求学路上弹拨的乳汁
深深感知的脆弱心灵
斑驳的尘世告诉我
生活有爱才幸福

理想道路上遇真心爱人
世间的情缘如此幸福
种种境遇中多愁善感的
善良女子的敏感心怀
斑驳的尘世告诉我
生活有爱才幸福

握着太阳丝丝光线嬉戏
年幼的孩子甜甜地微笑
心中充满阳世间的爱意
我的心成为母爱的海洋
斑驳的尘世告诉我
生活有爱才幸福

在我故乡的广阔无边中
乘骑"传说的骏马"腾飞
在茫茫无垠的雪野之上
留下自己的足迹而感动着
斑驳的尘世告诉我
生活有爱才幸福

辽阔的自然无垠的大地上
望着天上彩虹无限欢喜
伸手无法触摸却十分向往
幼小的年纪美好的记忆
斑驳的尘世告诉我
生活有爱才幸福

蓝天上有太阳和月亮
原野上有花朵和绿叶
森林和杭盖中有百兽
我用真心珍爱这一切
斑驳的尘世告诉我
生活有爱才幸福

与我们息息相通的大地母亲
用孩子般的心去爱护它
用热血和生命保卫一把热土
英雄的传说恒久在传唱
斑驳的尘世告诉我
生活有爱才幸福
生活因爱才幸福
所有的伟大由爱诞生

创作时间：1979 年

虚伪的世界

再是痛苦
也能承受痛苦的世界
再是幸福
也不能承受幸福的世界
再是想念
也有无法留在心间的爱人
再是分离
也有无法从梦中离去的情人
再是诀别
也不会共死的世界
再是相爱
也无法满足的世界
再是美好
也有想念而已的爱人
再是可爱
也有渴望而已的情人
再是难舍
也不会随之死去的命运
再是相随
不会重生的世界
再是不停祈祷

也是迷茫的世界
再是决心克服
也是虚伪的世界

创作时间：1993 年

忘记，我要忘记你

你是我——
未曾品尝过的
花朵蜜
不曾相恋过的
幸福琼浆
你是我——
留存心底的
幻景
不让我安生的
冤家
你是我——
永远离去的
闪亮的星星
恨不得隐瞒自己的
悠扬的韵律
忘记，我要忘记你
薄雾的清晨梦着，去忘记
孤独的心中沉重地去忘记
从心灵深处寻找着，去忘记你

创作时间：1995 年

石人的泪

大汗城池的遗址上
诉说着传说的石人
以消殒的世间规律
向内哭泣的可怜石

皇室城池的遗址上
虽以皇后身份永恒
将火热的心中忧伤
沉浸石头的女人石

多少纪元的尘埃中
伫立传世的石头人
将画中的美貌仙女
印刻石头的女人石

迁徙的岁月路上
只身留下的可怜石
罪孽尘世命运中
眼里含泪的石头人

创作时间：1998 年

达·乌日央海

　　达·乌日央海（1940—　），蒙古国著名作家、诗人、剧作家。1940年生于布拉更省。毕业于莫斯科高尔基文学院，曾获蒙古国作家协会奖，多次在蒙古国"水晶杯"诗歌大赛中夺冠。著有《致人们》《冬天的鸟》等诗集，《相逢，诀别》等长篇小说，共有千余部（首）作品。

树木

叶子的喧嚣是你的话语吗？还是风的话语？
撩动秋日怅惘的寂静，是你的宁静吗？
还是了无踪影的鸟儿留下的空隙？
秋日驼羔绒毛一般的颜色
是你的颜色吗？还是生锈的雨之颜色？
你像个深谙痛苦的智者默默不语

耳朵听不到沉默的话语
只有我的眼睛和心听得见
与你对话比较艰难
越是无法交流我越是渴盼
想问你所有的一切
问了你也默不作声
像个孩子，又像什么都不懂的傻瓜
又似洞悉一切的先知
用提问回答着我的提问

永恒之因

只要晴朗的天空上有鸟儿鸣唱，我就活着
我对那只鸟爱得不得了！
只要远方的山麓下有森林呼啸，我就活着
我对那个声音爱得不得了！
因爱我在活着！
只要原野上有人策马驰骋，我就活着
我对那个身影爱得不得了！
只要河畔有几匹马驹嬉戏，我就活着
我对那个动物爱得不得了！
因爱我在活着！
只要冬季营盘闻见秋天余下的草香，我就活着
我对那个味道爱得不得了！
只要冬季风暴中顺风而去的畜群安然无恙，我就活着
我对那样的喜悦爱得不得了！
因爱我在活着！
只要蒙古包的套脑①发出火焰的金光，我就活着
我对那种生活爱得不得了！
只要矮矮的山头望得见长路迢迢，我就活着
我对那份寂静爱得不得了

----

① 套脑：蒙古包的天窗。

因爱我在活着！
只要春天的夜晚室外有细雨霏霏，我就活着
我对那般细语爱得不得了！
只要目光隐忍的爱人依偎着我的胸膛，我就活着
我对那般气息爱得不得了
因爱我在活着！
只要人们用音韵优美的蒙古语说着话，我就活着
我对那个语言爱得不得了！
只要世界不能缺少永远圣洁的蒙古，我就活着
我对那片土地爱得不得了！
因爱我在活着！
与我同在的世界上有着永远活着的理由
无论如何我都不会死，上苍会作证！

创作时间：2008 年

面对微笑一般陈旧的人生……

面对微笑一般陈旧的人生
像眼泪一样温热
像明天一样切近
像必来的死亡
不可重复的真!

面对泪水一样陈旧的人生
像思念一样明亮
将爱赐予即便不爱的人
得到不知在何方的佛陀之福寿
即便有忘不掉的伤心
也要善良地忍住哭泣!

面对伤心一样陈旧的人生
定要像是看不见的佛陀一样显现
再也不会放弃
今天一样寂寞的日子
爆发

像昨天一样
像前天一样

无意义折磨人的漫长日子里
再也不会活着留下来
叛逆
然后再也不会
为了写这样愚蠢的诗句
再次诞生！

像微笑一样陈旧
像泪水一样陈旧
像伤心一样陈旧
像是看不见的佛陀一样……
人生里
像"没有的东西"
永远崭新！
永远有别于
"有的"一切！

创作时间：2004 年

醒

布谷鸟声隐去时
感觉世界死了一般！
我惊讶，自己还活着！

树叶声隐去时
仿佛天已停止了呼吸
我疑惑，自己还活着！

从寂静隐去的声音
从声音隐去的寂静
如同以我终止的延续一般！

创作时间：2010 年

一生死过多回……

秋天，树木发黄时我会死一回
仅此一回的人生中死亡多次
对我而言多么可怕！……
春天，闻着清新的草香
老牛却无力倒下时我会死一回！
暴风狂啸
小树被连根拔起时
我会死一回！……
睡意蒙眬的蒙古大地的远方
每当太平洋上有船只沉没时
不曾谋面的某人在某一地方
停止心跳时
名字不曾铭刻于地图
加无被加数，减无被减数的
一个小小的岛屿地震时
哪怕
狂野的寂静
被猎枪声惊动时
我会死一回！
仅此一回的人生中死亡多次
对我来说真是残酷！

比这个还要可怕的是
与那些一生只死一回的人们
每天生活在一起
是最最可怕的事!

创作时间：2005 年

我的生活，是鸟儿

我的生活，是鸟儿
我用手掌做翅膀
我用心做眼睛
我在天空中飞翔过多次
我在大地上也飞翔过多次！
当我在天空中飞翔
五洲四海细雨霏霏
青草庄稼苗壮生长
当我在大地上飞翔
被远古的尘土尘封的
真理的"黑匣子"
被我的翅膀揭开秘密
（人们从不相信！……）

我的生活，是鸟儿
我用手掌做翅膀
我用心做眼睛
我在天上走过多次
我在地上走过多次
间隔此岸和彼岸的
无比深渊的黑暗里

昼夜不停飞梭着

揪扯着羽毛！

我揪扯下的羽毛为代价

世界有了白昼！

（人们从不相信！……）

创作时间：2014 年

秋天饮马

孤鸟在湿地上空徘徊……
不知为何……
像是乌龟爬行一般缓慢……
不知为何，我的马
忘了饮水
若有所思地干嚼着衔子
忧伤地望着山峰……

孤鸟在湿地上空徘徊……
孤鸟孤独地在湿地上空徘徊
像是把翅膀遗落在地上，真是可怜
像是整天在找寻
让人心疼，想与它一起飞……

松了马肚带，我吹起口哨……
我的马
像是在寻找
从湿地的激流中闻着鸟儿倒影的
我内心的坠绳一般
温热的唇蹭着我的掌心
凝视着我的眼

仿佛在追问我的罪孽

轻轻地……像是哭泣一般轻轻嘶鸣

如同忽然雷声阵阵

在我心灵的森林沉闷地回响……

创作时间：1979 年（2002 年修改）

冬·朝都勒

　　冬·朝都勒（1944—　），蒙古国著名作家、诗人，1944年生于中央省布仁苏木。曾获蒙古国作家协会奖、蒙古国国家奖等。著有《故乡的六色》《斑斓的山脉》等海量作品。

吝啬鬼一家的传说

听说有这样一家特别手紧的兄弟俩
瞧不起他们，人们起绰号称为吝啬鬼
他们家的羊群多得覆盖整座大山
他们家的马群多得装满整个山谷
世代相传的巴音 ①——吝啬鬼家族
像低垂的庞大云系生活在这片草原

他们家的人，衣袍没有一个不打补丁的
他们家过冬的蒙古包，说暖那是说差了
他们家男人，不享受奢华的马鞍和好马
骑着一匹生口的马，代步颠簸着就好
他们家的姑娘，三年那达慕不换新蒙古袍
他们家的孩子，直到下雪都看不见鞋的影
平时不吃自家的羊，经常出猎打黄羊
远方来客人，拿稀释的酸奶应付了事
邻居来借一盒火柴的时候啊
"今天不宜生火"为由便打发回去

远近邻里的人们忍不住取笑他们

---

① 巴音：蒙古语，意为富豪。

过分的小气成了茶余饭后的笑话
生活如此这般，岁月慢慢在流逝
忽然有一年，边境上爆发了战争
家家户户都向着哈拉哈河追赶马群
布仁家都献出了自家最好的马匹
吝啬鬼家会怎样呢，绝对不会大方！
人们说得如此肯定，不料最后目瞪口呆

手握长长的套马杆，咱们的吝啬鬼兄弟
赶着黑压压的马群，来到了苏木①集中点
选了驯服好的、跑得最快的骏马
当作消灭敌人的英雄坐骑献出来

战马向前线出发后没过两天
吝啬鬼家兄弟俩应征出发了
远近闻名号称吝啬鬼的父亲
最先将两个儿子送到了军队
停止打酸奶专等孩儿的额吉，没吝惜两个儿子
失声痛哭的妻子，也没吝惜她们的伴侣
声名远扬的吝啬鬼一家，什么都没有吝惜
当号角声响起，战友们出发时
吝啬鬼家的两个男儿充当了前锋
"吝啬着子弹，这俩可能闹笑话"
连里、排里的战友还拿他俩说笑
像是不会倒下的山一般的俩小伙
太阳升起时分，双双倒在了战场

---

① 苏木：行政单位，相当于乡。

在这最最沉重的时刻，祖国啊
吝啬鬼一家，连生命都没有吝惜

关于唯一性的诗

一样东西

独一无二的一样东西

只是一个

没有一个人会喜欢

只是希望人们明白

唯一的伟大

就像是群山始于大地

一是全部的开始

所有的星球围着唯一的太阳运转

所有的客人围着唯一的篝火狂欢

只说一次我爱你

只想与你共度一生

一粒种子铺满一马平川

一匹良骏越过百座山峦

一颗心支撑全身行走

一座山藏着吉祥九宝

一片海洋等于无数个小溪

一个智者胜过无数个傻子

虽说只是一个

一个

虽然没有一个人喜欢

唯一的地球承载着所有在运转
若是不爱护唯一的星球
我们终会变得一无所有
只是希望人们明白
明白这唯一多伟大

创作时间：1982 年

窗外街道上飘着新雪

窗外街道上飘着新雪
恨不得一片片细数的大雪!
像是早已扑火的蝴蝶
再度回到尘世间一般

白白的雪落在额头
人们正在穿梭不息
肩上银雪飘飘的人们
也似银雪在世间飘舞

被踩踏而厌倦的街道广场
黝黑的马路，长长的房屋一片白茫茫
鹅毛大雪在飘飘洒洒
连心灵都变得无瑕，一片洁白
忘了头发上的永恒之雪
真想如天真孩童一样，去尽情奔跑

母亲的信

只要在这喧嚣的世界上活着
就等小鸟般可爱的儿子归来
向着邮差来的路一日望四次
像棵树木一样等得快要枯黄
哪怕没有礼物，手头没盘缠
哪怕孤身一人，甚至很落魄
就算不如别人的孩子名扬四方
就算是忧心忡忡的穷困的汉子

可是我的儿子活得相当不错
在国家和社会有着自己的地位
既然你过得那样威风那样好
怎就忘了你白发苍苍的母亲？
你在繁华的首都学到大学问
却没学会给母亲写一封书信
你在蓝天上遨游走遍五洲四海
却没时间在乡村的家喝一杯茶

偶尔云影飘来的微凉日子里
站在门前瞭望不由黯然神伤
虽说国事繁重的儿子没有闲暇

生育你的母亲却对你恩重如山
虽说慈母的爱永恒不变的真
她余生的时间也是屈指可数

就算她是没有三餐保障
向人人伸手的乞讨者
就算她是有几个钱就买醉
没有尊严的市井妇人
她是怀胎十月生养你的人
何时都是你慈悲之尊的母亲
不过她感到幸福满满
为国效力的儿子活得像模像样
相比他捎来的昂贵的茶叶以及
简短的口信，想见孩子的心更急切
儿子却把那些看得比慈母心更重要
成为"逃逸者"，真叫母亲伤心

创作时间：1973 年

鸟和祖国

遥远的路途不停地飞
听说到来时你的翅膀很沉重
日日夜夜地顶着风雪
鸟儿用羽毛哭泣着向前飞翔
我是听说了的，祖国
对春天的鸟儿说

在我们南飞时湖水惆怅着冰冻
因为寂寞树木丢弃了叶子
太阳的烘烤都无法融化的江河
听说在鸟的鸣叫声里感化
我是听说了的，鸟儿
对它的祖国说

征途上飞累徒步走过山
总有鸟儿不幸成为人们盘中食
从遥远不知名的地方奔向祖国
听说有一半的鸟半路丧命
你真的是那么想念我吗？
祖国问鸟儿

不是所有的水都属于我
不是所有的山都属于你
这个世界上鸟儿何其多
然而只有祖国是唯一的
鸟儿对它的祖国说

关于贫乏或不贫乏的诗

我见过许多贫乏与欠缺

别说是一个微小的我

广阔的世界也是由欠缺组成的

炎热的非洲没有水，连云朵都渴着

洁白的南北极没有太阳，海洋都淹了

歌声和爱，是人们的饥饿点

除了欠缺，就是欠缺的世界！

我骑马的祖辈，贫乏的时候

不曾持钵乞讨，挥起长剑呼啸而起

"长城"为了绊住调皮的他们，慌乱不堪

欧洲为了装满他们的褡裢，想尽办法

黑苍蝇一样的敌人入侵而来时我们少了力量

哈拉哈河被日本袭击时我们少了人手

战士赴前线，我们少了最亲爱的儿子们！

我们不曾缺过英雄豪气

我们不曾失去祖国

我们扶着起身的大地尚在

我们扬起旗帜的天空尚在

我们一直像是图拉嘎^①里的火焰一样红火

---

① 图拉嘎：火撑子。

佛陀般祖先的盛世已成过去
膨胀在他们的福祉中，我们缺少了智慧
岁月如幻景一闪而过
细数祖先的遗产少了很多
只是没少了给徒步的寻觅者
让出唯一马匹的善良习俗
只是没少了给黑夜里迷路的人
划最后一根火柴的善良
只要不缺神圣的，度母之心
只要不缺巍峨的山脉，母驼嘶鸣的草原
我们相信，一定还可以！
天窗出了漏洞，祖国的蓝天会填补
衣袍掉了扣子，苍穹的星星会替代
只要河畔的石头，花朵的露珠如数在
世界的明天，我还能缺少什么？
我的蒙古越是窘困，我越爱她
这是为什么，因为她是我的
多么强烈的爱，为何如此这般爱
若要细说原因，却少了媲美的话语
敌前我护你，不乏为你牺牲的心
只是缺少再一次为你而死的命！

夜晚

小鸟的鸣叫都会打破宁静
在喧嚣尘世的空暇般草原上徜徉
黑暗和我仿佛逃避着彼此
望着广阔的草原无声无息沉默
黑漆漆地压倒各色世界
浓浓的黑暗像是逃离自我飞去
路途遥遥中尚未疲惫的马背上
纵身驰骋时马蹄急急如火
没有一丝光的黑暗的怀里闪驰
看见矍铄的马儿飞奔的四蹄间
被遗弃的一丝火光一样
皎洁的月亮从背后升起

巴·拉哈巴苏荣

　　巴·拉哈巴苏荣（1945— ），蒙古国著名诗人，1945 年出生于中央省温株勒苏木。曾任蒙古国作家协会主席、蒙古国大呼拉尔议员。曾荣获蒙古国作家协会奖、蒙古国文化杰出功勋奖、蒙古国国家功勋奖以及"蒙古国人民作家"称号。曾获蒙古国"水晶杯"诗歌大赛冠军三次。2007 年世界诗歌大会上获"杰出诗人"奖。著有诗集、歌剧作品、电影作品、儿童剧作品、歌词等多种作品集。

那一天

流星纷乱的

湛蓝夜空下

流着无望的泪

你定会念我而行

凝望着炉火

心里想着我

奶茶四溢的瞬间

你定会忘记我

削骨的晨风中

拽着霜冻的绳子

念叨着火神的塔罗尼 ①

掀开幪毡时

你定会念着我

所有的如意之后你会念着我

当摇篮里的孩子哭啼时

却会顷刻间忘了我

月亮的清辉散落套脑的夜晚

枕着伴侣的手臂

你定会想念我

---

① 塔罗尼：蒙古语，意为咒语、符咒。

当似火的热唇
占据你身心时
燃烧的情欲中
你也会忘了我
当锈迹吞噬利剑
当忘却啃噬巨大的想念时
你会忘了我
忘了
忘了
忘了

岁月在你我之间
如同白驹过隙
你会忘了我
轻浮的幻景在你我之间
朦胧苍茫
你会忘了我
忘了
忘了
忘了
当你闻悉这个诗人已亡的那夜
情不自禁地，你会想我，想我
你会想得撕心裂肺

寂静中的喧哗

寂静中的喧哗

让人不得安宁

尘世啊

在月儿流浪的梦境

脉搏中的血液犹如江河咆哮

激动的心忍不住触摸

静静地倾听自己

寂静中的喧哗

无休止地折磨着

叶子静止不动

沉默无语的树木间

太阳自上而下

大地自下而上

彼此撞击澎湃

发出巨大的声响

在小草的芯里

日与夜欢呼奔跑

想你到无言时

每一个细胞都低吟你

无声滴落的泪水

像鹿越悬崖般的惊雷

划伤我的脸
你在远方的远方
却在我脑海中狂笑
震得我头骨欲裂
你的手触摸我脸颊的瞬间
你的掌心雷声阵阵
你每一根指尖电闪雷鸣
尘世啊
寂静中的喧哗
让人不得安宁

苍茫的大地吞没月亮的清辉……

苍茫的大地吞没
月亮的清辉
饥饿的小白狗一样的月亮
跪着舔湖水的波澜
像是用我的泪水漱口的
姑娘一样的
水
伟大而高贵的
水
它不饮用光辉，让它漂浮着

水
吮着水草
不吞咽，让它撒欢
啃噬着山
不咬嚼，让它消损
水
将罪孽的
带孔珠子 —— 我
像佩戴在死神脖子上的项链一般
温柔地串起

月亮的清辉
流向苍茫的大地
只跪向水

默不作声的黑暗……

默不作声的黑暗

四只手，令人迷失的黑暗

唇自唇开始，你和我

恨不得吞了彼此

缠绵

温煦的黑暗

心智明灭的黑暗

你和我，用心灵之刀

恨不得捅了彼此

要死一般交汇

身旁陨落的星星

翻身时忧伤地沙沙直响

随后升起的月之"白血"

流淌在你我之间

亲爱的人

枕着我的胳膊目光清澈

不想哭泣

却有泪水浸湿了心

留恋她长发的黑暗

被晨光驱逐，消散

日后，会有死亡

畅饮这个夜晚酿在两颗心中的酒
酩酊大醉

创作时间：1979 年

决裂

决裂
就要像决裂一样
犹如皇帝一样生活
犹如犬狗一样死亡

轻轻解开
在我周围吹拂的
柔柔轻风的结
决裂

饶恕着
再回首时可能践踏的
花朵的生命
决裂

将烈烈的空气吸入胸腔
不让它出来折磨
天的五脏六腑
决裂

决裂

就要像决裂一样
犹如皇帝一样生活
犹如犬狗一样死亡

爱的保证书

我爱你
是真的
像这苦盐巴一样的真
像在雨水与阳光里凝结
傲然屹立的石头一样的真
像苍天怀抱里散落的
天河的星辰一样的真
像山峰从外部变苍老
由内部生长一样的真
像河水在流淌的过程中冰封　又在
流淌中融化一样的真
我爱你
是真的
像岁月嘶嘶低鸣的骏马
轮回和存在交响的
民歌一样的真
像颜色与影子交错的
昼夜一样的真
像地球的自转一样的真
像地球追随着太阳一样的真
我爱你

是真的
像化作大理石成为永恒之前
唯一火热的瞬间
最后一丝呼吸一样的真
像婴儿降生时
母亲的失声尖叫
惊起冻僵的马耳一样的真
我爱你是真的

致妻子

如果没有亲爱的你……
谁会在斑驳的山崖引起回声
谁用歌声抚慰我脆弱的心灵
如果没有亲爱的你……
谁会清晨贴我胸前泪浸袍衣
谁给我的马镫弹捋洁白乳汁
如果没有亲爱的你……
清晰的梦中天空散落哪般星辰
漆漆的黑夜会被谁的笑声点亮
如果没有亲爱的你……
天地和谐定格的尘世间
谁会是唯一的支撑点
如果没有亲爱的你……
谁会与我共燃爱的蓝色火焰
谁用灼热的气息温暖我衣袖
如果没有亲爱的你……
当死亡以世间规律降临
谁伴身旁与我白头相依

创作时间：1980 年

桑·乌云

桑·乌云（1946—   ），蒙古国著名女诗人，1946年生于蒙古国布拉更省。曾获蒙古国文化功勋奖。著有诗集《千条纹》《百燕之翼》《有谁敲门？》《蓝色的哈达》《我的世界》等多部。

吻你

想着你是乖乖的
我要亲吻你的额头
想着思念到再相见
我要亲吻你的脸颊
想着我是爱你的
我要亲吻你的双唇
想着百看也不厌倦
我要亲吻你的眼睛
我要吻你
用无尽的爱吻你
不给任何人留下亲吻的余地
我要吻你，爱你

像是迁遗的秋之营地

像是迁遗的秋之营地
内心空荡荡地寂寞
像是众人散、舞台空
内心空寂寂地忧伤

像是主人遗落的单手套
有时，我惆怅而心酸
像是蝴蝶归去后生长的花朵
我莫名地等候某一个人

心灵的痛苦将我
与笔墨缝织在一起
当思绪像撕碎的云朵漂浮
我在居室坐立难安

你的心

世间九百九十九朵花
无法代表你的心
星辰亿万万光芒
无法替代你的心
古筝的七个弦音
无法弹出你的心声
你的眼神充满温情和智慧
再好的笔也无法描绘
亲爱的你，那么平凡
燃烧着爱的目光深藏不露
你的心里歌声悠扬
却藏在不动声色的端庄背后
谁能刻画这样的心呢？
你是鸣唱于生活中的
唯一的金丝鸟
若是有人听到那美妙的歌声
来到尘世也幸运
我希望听到那歌声
虽说不在天上而远在天边
我向诗歌的天宇叩首
愿它赐予我听到那歌声的缘分

千只鸟的母亲

大地上的蓝色女子
丝绢般的冈嘎湖 ①
哼唱着远古的歌谣
整夜无眠泪盈盈

哺育幼鸟的候鸟
留恋甘露般的湖水
鸣叫飞上云天时
落的泪让湖水哭泣

母亲怀里成长的
柔弱的小小幼鸟
归来路上受了伤
湖水为它泣不成声

清洗它的伤口
抚慰着它康复
祈祷再无枪声
祈祷从此安宁

---

① 冈嘎湖：湖名。

草原上圣洁的冈嘎湖
你是千只鸟儿的母亲
你的水波温柔如琴声
你的怀抱是千鸟乐园

创作时间：1982 年

你找不到画我的笔

以为是欢喜
却还有泪水
以为是泪水
却有着金铃般的笑声
你是找不到画我的笔的
以为是草尖上的露珠里
夜宿的月亮
却又是洞开晨雾的
光芒
在那般的光芒里花朵再生
你是找不到画我的笔的
以为是散发着白雪清冷气息的草原
却又似上霜的玻璃一样沉闷
是用生命的温热呼出的洞口
生活对我来说是希望是失落
趁着那缝隙要享受幸福
你是找不到画我的笔的

误以为

误以为风中的沙蓬
是青草
误以为轻浮的小伙
人真诚
误以为有水草的湖水
不会干枯
误以为他所说的爱情
天长地久

我的忧伤

我的忧伤
炎热的天下的
冷冷的雨
熄灭了我心灵的大火
救我免于燃烧成灰烬
心灵的雨
我的忧伤
思潮中成为障碍的
河流石
奔流中给予思考的
觉悟的空间
我的忧伤
给生活的幸福
添加味道的苦涩盐巴
存在于我内心的不慈悲的敌人
平衡我的
零下摄氏度

奥·达什巴勒巴日

奥·达什巴勒巴日（1955—1999），蒙古国著名诗人。1955年生于蒙古国苏克巴特尔省，1999年去世。他留有《魔幻世界》《悲伤世界》《人世间》《佛世界》《蒙古世界》等诗集，共千余首诗。

活着的时候，互相珍惜吧人们

活着的时候，互相珍惜吧人们
不要将美好的一切吝啬于他人
不要用无聊的话语箭伤我的心
不要将彼此推向黑暗的洞口
不要耻笑嗜酒的那一个
唉，那说不准是你的父亲

如果你先捷足于声名
也将幸运的大门开启给他人
你的恩德他人也不会忘记
给那个需要唯一一句美好话语的人
定要把那样的话说给他听

室外阳光明媚，屋里却阴冷的日子
不止一次会与我们相逢
不要说狠心的话语
让爱上你的好小伙伤心
珍惜他爱你的心吧
比你美好的姑娘他都可以爱恋

我们的生活是一样的

我们的咽喉上，话语是一样哽噎的
我们的脸颊上，泪珠是一样滚落的
我们的路途上，会有同样的遭遇

莫问女人脸上滚落的泪水，请帮她揩拭吧
扶起摔倒的孩子，高举着哄他吧
虽然今天你在笑，他在哭
而有那么一天你会忧伤，他会歌唱

摇篮与棺木是每一个人都要经历的
其余的都没用，互相珍惜吧人们
空旷的尘世间，人唯独不可缺少的就是爱

因为我将幸福比喻为人心之火
因为太阳把光辉同样赐予我们
我把活着，当作是给予他人以爱的别名
我把幸福，理解为接受别人之爱的他名
活着的时候，互相珍惜吧人们
不要将美好的一切吝啬于他人

死亡

三千年前也曾有过死亡
三亿年后依然会有死亡……
悲伤的尘世间充满死亡
穿靴的瞬间、脱靴的瞬间
在胡同里或者家中，在大海上
在喜马拉雅雪峰，在午夜的列宁格勒
白须老翁，抑或出生不足时的婴儿
在死亡，在消失
其实在皇宫也罢，贫民的茅庐也罢
死亡降临时
面目毫无两样！
昆虫也会死，遥远的星辰也会死
毒蛇也会死，稀奇的野马也会死
巨象也会死，初生的麻雀也会死
金鱼也会死，所有动物都会死……
死亡无处不在，无论黑发与黄发
无论有着温暖的目光，还是带着冷峻的眼
无论在黑夜，还是在白昼
谁也不能来庇护解救！……
它推翻宫殿，也摧毁幸福
它让众生哭泣，让世界空无

它使恋人分离，叫父子诀别

美好的世上

死亡游荡着，肆无忌惮

不被富贵收买，不对名誉低头

它造访生活的每一个角落，索要它想要的所有！

轮回的尘世宛如一个"墓地"，请佛陀保佑！

死者比生者还要多的这个世界上

没有一个人可以额外地逃脱死亡！

唯一的解救是把死亡定义为空灵

清晨和夜晚，向巍峨雪山的神灵叩首时

死亡在这边，人则超度到那边

可以像日夜一般擦肩而过！

创作时间：1990 年

我是个穿着白色衣衫的小男孩

我是个穿着白色衣衫的小男孩
像白鸟一样飞翔，在花丛中……
时光在我身旁流逝
赶不上飞驰的我……

原野跟随着我，山峦追赶着我
村落由远而近，瞬间又被甩在身后
我飞翔在雪山之上
停留在海燕的高度
时光留在那下方
无尽的世界，向我敞开永恒之门

繁星在周遭灿烂，梦之黑水晶
藏在心灵深处不解其秘
天之黑色的脉搏摸索着大脑细胞
遥远的彼岸和切近的此岸之区别消失，将我解放

我是个穿着白色衣衫的小男孩
占据着无边的辽阔

在穿越群星之时

从苍穹的腹中，再次诞生

创作时间：1984 年

像是沙子从手心滑落……

像是沙子从手心滑落
日子缓缓在流逝
寂静中岩石被磨损
河水在轻舔河岸

山峦、丘陵无声消失
流逝的时间吞噬着一切
留下了关于自己的纪念
人们渐渐从旷世离去

不曾发生什么似的，岁月在流逝
事物的轮回周而复始
为了生成，一切会消失的世界上
我们在无声地生活着

唯独暴风雪在我胸中越发激烈
能够感知地上雪还在飘洒
围着篝火而坐讲述故事和传说
期待来自其他星球的讯息……

明灭的星辰在黑暗中寂寞

等待最后的瞬间，目送岁月……
渐灭的光中闪现其他星辰
逐渐增加光亮越来越闪烁……

绿叶渐黄秋日渐凉……
宁静的夏天给寒冬让位
青丝渐白青春已老……
黑暗中羁绊的马响鼻示警

觉

初来人世，除了影子我没朋友
停止最后呼吸时，不带走任何东西
活在这世上就是还债和欠债
自己的肉身亦像是别人家的房子……

纵然众人在喧嚣，终究回归空
然而世界不会空，会有人补空
来的是真的，这样那样又走了
欢笑与泪水，衡量幸福和苦难

纵然遇到是非之人偶尔会斗气
不过是瞬间现象，觉得很有趣
若给争斗的双方画一张结局图
仿佛是两具尸骨，在互相纠缠

即便爱惜人身，永恒的灵魂却不屑
看不透真相，试比高低太可悲！
自身像是牢狱，被逼得走投无路
偶尔我会可怜，可笑的那些灵魂……

一丈身躯，不过是容纳心灵的容器

像是住在别人的房屋一样真实
世界上真没什么是属于我的
父母赐予的身躯也有别于我

黑狼

冬天的夜晚在雪地上翻滚时
浑身上下发热滚烫
小跑一站地抬头望月时
看得见月亮上有我的模样
我是黑狼，大地之狼
我是黑狼，大地之狼
在那里
在满月的深处
有一匹真正的黑狼
因而我们在天在地都所向披靡！
我是黑狼，大地之狼
我是黑狼，大地之狼
我嗥叫，直到这世界战栗
那是穿透时空的永恒的嚎叫
世界再与我们为敌，也绝不投降！
祖先的灵魂在天上望着我们
我是黑狼，大地之狼
我是黑狼，大地之狼
在那里
在圆月的深处
有真正的黑狼
有真正的黑狼

因而我们在天在地都所向披靡！

苍天变成狼的模样
像是在耳语一个秘密——
蒙古草原的神灵保佑着狼
骑士们的灵魂是骑着狼的

创作时间：1993 年

雨夜的歌

弹奏着叶子雨在下
像是永不忘却的爱之细语
你牵着我的手漫步
犹如宁静夜晚的浪漫歌谣

百花的清香留存心间
心中的爱怜眉目传送
乌黑的眼睛含着羞涩
屏住呼吸轻轻地叹息

传说细语，雨还在下
阵阵草香沁人心脾
时而停息，时而急骤
今夜心儿有些惆怅

摘了六月的花朵
夏夜的星辰隐匿
多想一百年不与你分离
一直相伴站在这细雨中

创作时间：1980 年

道·索米娅

　　道·索米娅（1957—　　），蒙古
国女诗人，蒙古国科学院博士、学者。
1957年生于扎布汗省。著有《山水
之梦》《光域》等六部诗集。

今天

夏营地的孩子们嬉戏在水中
夏天的太阳在水中微笑摇晃
柳树的叶子在林中沙沙作响
心中怀想着未曾有过的境遇
不知哪里的碰杯声仿佛在诉说什么
悠扬旋律穿透心灵仿佛在诉说什么
某家的主妇寿终正寝离开了人世间
心怀悲悯和怜惜的人们
依旧去忙碌工作和生活
今天，一切该发生的都在发生
今天像今天一样一切都在发生
今天是流逝而去的昨天
今天是奔流而来的明天……
今日复今日，岁月在流淌
自身内部燃烧，太阳在发光
空间连着空间，宇宙的无限中
浸透于百草的根
诞生于初升的太阳
我们永远活着

在矿里

探寻藏在大地中的火焰
戴着头盔的探矿者行走在山谷间
要从黑暗中寻到黑黑的石头
看见了吗？他们找到了睡眠的火
那火中有远古森林的气息
隐忍等待的千百年的信心
那块儿火中有绿蕨的露珠
有祖辈的汗水、满怀激情
有着他们远古的梦想

命

四张貂皮
勉强缝制一个帽子
四个生命
捂着一个脑袋

五张貂皮
勉强缝制一件上衣
五个生命
暖着一个身躯

九张貂皮
抵挡数九寒风
丢了自己毛的人们
用他者的性命取暖

创作时间：1989 年

个性

不想见任何人
不想找茬生闷

不想哭也不想笑
只想似水中小鱼一样默默无声

不想笑也不想生气
不想说多余的废话

好像没什么可说笑的
熙熙攘攘真是烦人

心不被任何左右
也不想找什么聊天伙伴

我不想隐瞒自己的个性
不想活着，也不想死去

雨

云一直在游走，快快下雨吧
不会忘记你的气息，芳香的雨啊
风一直在吹拂，云朵停息吧
敞开门，敞开怀抱，敞开心灵，飘洒吧雨

白茫茫的雨水一阵阵飘洒吧
我的心像是草尖到草根都会欢喜的草
昼夜不停的雨像是一次畅谈
永恒而看不见的根正在慢慢伸向大地

越过了山头，请云朵停下脚步吧
莫非要飘洒到水儿过剩的海洋，雨啊
迎面而来的说不准会是降霰，雨啊
那里不缺任何的水，不必去那里

草原感知着你涌来的气息
丝丝银色雨滴下草木苏醒
敞开怀抱大地母亲等候你，雨啊
树木参天，不息的生活在此轮回

金蛇

我将在你的怀里才要解开的羞涩
藏匿于光天化日之下的众人眼目

胴体披一身月光
我站在铜镜前

生活中我时常做梦
倾听着寂静偶尔醒来

我在梦中生活
抱着我的心脏寻找方向

月光从窗口倾泻
像是轻纱一样的心儿忧伤

我顺着云梯向上而去
像是传说中的公主一样纯洁

像是白色溶于白色
我融进你忽闪的眼睛里

请别让我失足浮躁的生活中
请让我避开男人们恶毒的眼睛

不要折磨苦难的我
请你拴住任性的我

如若你不调整身心
我将不是琵琶小乐

不再是你怀里的优美歌声
而会变成冬眠的金蛇

创作时间：1999 年

目光之火

当我的目光之火明灭之时
请你站到我的身旁
用温热的手抚摸我的额头
请你重复一次我爱你
像那个柔情蜜意的秋日夜晚

这是我最后的请求
对于有所罪孽的人身来说
没有比你的爱更好的祝愿
它是苍天恩赐下羽翼丰满的
我钟爱的诗句之源泉

在我五尺身躯闭眼之时
敞开的尘世之门关闭之时
请你忍一忍身旁人们的目光
对脱离衣衫辞世的诗人而言
那是对她唯一的帮助

当我的目光之火明灭之时
请你站到我的身旁
用温热的手抚摸我的额头

请你重复一次我爱你
像那个柔情蜜意的秋日夜晚

创作时间：1997 年

贡·阿尤日扎那

　　贡·阿尤日扎那(1970—)，蒙古国诗人、作家、翻译家、文学评论家。1970 年出生于巴彦洪戈尔省，1994 年毕业于莫斯科高尔基文学院。曾获蒙古国作家协会奖。著有《当时光停息》《男人的心》等多部诗集及《萨满传说》等多部长篇小说。

死亡的花朵

气味是哪里都没有的气味
颜色是哪里都没有的颜色
那种气味，难以说好与坏
那种颜色，无法言辞比喻

发丝微拂，却无风的原野上
无味无色的万种花朵摇曳
永远的安详，以及永恒的梦
延接无法觉察的叹息之回音

哦，原来是那个梦啊
熟悉本色与味道的花朵
死亡，其实又像生活
一个寂寥的，没什么可让人心动的事物

创作时间：1998 年

所谓的明天

所谓的明天是阴冷、暗淡、忧伤的
像是云一样柔软、清晰、阴冷
像是在雾中神马在颠跑
所谓的明天有着自己的模样
还那么……

捻着丝拉的云（是云！）
想说温柔的三个字（三个字！）
向着悄悄落下的太阳（向太阳！）
应该有一颗心向我走来（应该是！）……

所谓的明天是阴冷、暗淡、忧伤的
像是云一样柔软、清晰、阴冷
雾中有一匹马正在颠跑
请你今天爱我，明天将我忘记！
好吗？

创作时间：1994 年

关于今天

清晨醒来时有一百个谜语
今天，说不准是我的末日
应该将近几年所想的一切
最后一次回顾整理的日子

从来不曾被人左右的
天真的想法开始成熟
谁都不曾触及穿越的天
我的手指已经触到了它

从此以后不会再有明天
我的佛，这有多么美好！
还没来得及想一想
我曾为了这一天活着，太阳已西下！

创作时间：1995 年

树叶黄了……

树叶黄了
一夜之间已是秋天
不由有一种新的，陌生的喜悦

仿佛在陌生的，新的事物深处
有着令人愉悦的境遇
有一股忍不住的想法在吹拂
像是很早以前未了的心愿

素不相识的女子微笑着
走过我的身旁
像是在哪里见过一面
从此不再遇到
那个女子的香水味
她的脚下偶尔有一片树叶在隐痛

树木在最美，金黄的
树叶深处时
瞬间在一阵风中裸露
它能唤醒我
奇妙的、神秘的、唯独有过一次的

毫不在意，而今被遗忘的愿望

天晴了
越是放晴越是清凉
将我从瞬间的梦境中唤醒
拥在永恒的怀中

若是这样就死了
还有第二次人生
还是想拥有这样的命运

即便知道永远不会实现
将思念不够的一切
希望再一次由衷地思念

创作时间：1998 年

夜半寂静的天空

夜半寂静的天空——
叹息着，自幼跟随我的自由啊！
适合思索的深深的黑暗之极致——
无聊的吻痕忽然使人发痒
秘密记忆的庄园——
我是多么喜欢你啊——夜晚！
你的树木出奇地安静
树枝上仿佛有星辰眯眼轻睡
你的云朵不寻常地平静
像是禅坐冥想永恒之真

你的风儿太过轻盈
触摸了鬓发不让人察觉
我的心能感知你的颤动
耳中却是一阵空
那么神奇！

创作时间：2001 年

从深深的雾林中

深深的雾林中
偶尔有一片黄叶 ——
明日轮廓忽而闪现的
永无止境的今日……

若是将这林子的寂静
用永恒来比喻
吹拂摇曳着周遭的一切
一阵风儿来了

叶子凋零的桦树
从其缝隙中窥视的
一簇落叶松树枝上
有着秋天气息的那阵风
悄悄给了讯息
便无影无踪

复至寂静

创作时间：2001 年

像是盲人一样……

像是盲人一样
在生活的内部摸索
盲人还有手杖
而我什么都没有

睁开眼也没用
一片黑暗，漆黑一片
我在你裸露的身体里像个盲人……

仿佛在哪里，遥远的彼岸
有光一闪
"什么？"问先知
知道是怎么回答的么？
你的心

创作时间：2004 年

罗·乌力吉特古斯

罗·乌力吉特古斯（1972— ），蒙古国著名女诗人。1972年生于蒙古国达尔汗市。著有诗集《春天多么忧伤》《长在苍穹的树木》《有所自由的艺术或新书》《孤独练习》《我的忧伤历史》等。

在我心中哭泣的千只鸟

在我心中哭泣的千只鸟
在我心中呼喊的千只鸟
在我心中飞落的千只鸟
不啊，不
我只想闭上眼睡觉

关上窗户、拉上窗帘
让目光逼人的太阳迷路
关上门，锁个叮当
让嗅近我的春天迷路
无限远离
无法实现的理想、无法实现的思念和向往
想在遥远的梦境之中活着

我向往，向往宁静

睁开眼
便从心底里呼唤和向往……

创作时间：2001 年

意义

窗口可见的一切事物

看着已经发旧

新鲜的喜悦早被遗弃

陈列的石头一样高耸的楼房

也变成陈列的石头

有的运动，有的站立如铁骑

那些路，那些树，那些铁栅栏

远方倦容可见的山脉

哎呀，所有的事物都已失去了意义

就像弱视的人忽然戴上眼镜

整个世界都清朗了一样

所有的事物清晰地来到身旁似的

真想重新看看这一切

关于意义每当再度思量

唇上的蓝影愈来愈长

如若明日清洗窗户

迷漫在我城池的

雾霭会消散吗？

创作时间：2007 年

死亡的预兆和美丽

一

昨夜
世界上所有的鱼儿聚集在一起
忽然呼唤我：
"我的姑娘，你要去哪里？"
昨夜
世界上朦胧清晰的所有星星聚集在一起
齐声呼唤我：
"我的孩子，你何时来？"

昨夜整夜下着雨
浸透在雨中的树
像是淋湿的狗抖动身子
忽然抖掉了浑身的叶子
这般呼唤我：
"我的女儿，你何时，何时……"

早晨起来一看
已是冬季
留在窗户玻璃上的佛之语言

（人们称其为霜）
调皮地眨着眼说：
"我的女儿，你为何这么久？"

二

雪，下了一整天
心，疼了一整天
在心的某一处，又是夏季又是雨，草……
它们还没死
清凉的雪，像是没发生任何事一样
整日回旋在我面前

拴马桩上缩头的可怜的城市乌鸦
像是久居牢狱的老头儿忽然被释放一样
以失败的眼神
整宿望着我的窗户
我如何拒绝它？佛啊！
雪，下了一整天

乌鸦和我面面相觑
（毫不躲闪）
我和乌鸦整天想一样的东西
（不知在想什么）
虽然老天早就知道这些
但他装作什么都没发生
让串珠般的雪前赴后继地落下

下了一整天的雪
被这美丽的雪，被这清新的空气所蒙骗
怎么就能想到能留在这里呢？天！

星辰还在呼唤着
树木还在喧嚣着
现在我在这里做什么？
做什么？
做什么？
唯独这美丽的雪花无穷无尽啊

三

雪一停，我就要离开这里
时间也会停止，鱼儿去找妈妈
活在人世时被呼唤的名字留在石头上
三盏酥油灯照亮我的前路

雪一停，就会下雨
雨一停，就挂彩虹
那彩虹像是我的微笑
天空中会显现这样的诗句：

"雪，树，叶子，雨，爱，清晨
时间，忧伤，优美的辞藻，人们。"

创作时间：2007 年

滴落在眼镜上的泪水

闭上眼，在黑暗中弯腰时
闪光的一滴泪断落于睫毛
满脸的光芒瞬间亮了又灭了
罪孽的一个念头永远停止了呼吸

自"我"产生的痛苦的碎片
虽像干涸在笔尖的墨水一般沉重
落在我红色镜框的镜片上
盈盈地凝视着我不躲闪

好似"原谅吧，原谅一切吧，
就这样原谅吧！"
远古的、苍老的话语
英魂苏醒一般

创作时间：2009 年

我

一

我穿的皮肤
我披的头发
我带的脸面
不是我

我承载的忧愁
我忍受的疼痛
我妥协的爱
才是我！

微笑是我温柔的声音
泪水却是我的盔甲
话语是我的餐
笔是我的秘密情人

我不佩戴耳环只佩戴月光
生为女人本身就是美丽的

二

那么大的水
这么大的雪
从那里到这里的路
无法超越的彼岸时光……
我总是想着我前世的生活

匈奴的公主
有着铜镜的萨满
驯鹿的猎人
白发的禅修者
征战的男人
能看到隐秘世界的人
药师满巴 ①
机要秘书

不用谁告诉
就知道自己曾是一些什么样的人
清楚地记得曾经投生过几回
不断变幻不断繁衍的我
只与尘埃同岁

创作时间：2009 年

---

① 满巴：藏语，意为医生。

佛陀和我

把佛像放在面前
整日望着他躲闪的眼眸

诗人：
为什么总是俯瞰？
为什么，为什么总是不笑？
为什么不向我伸手？
为什么不跟我说一句话？
想什么，审视着谁？
等待什么聆听着消息？

佛陀：
为什么总是仰望着？
为什么不还我一笑？
为什么你的手如此冰凉？
为什么也不回答我的话？
为什么总是疼痛，撕我的心？
叫我在你的门口等候这么久？

诗人：
为什么你不会死？

为什么，你去哪里了？
为什么你看不到我的泪水？
为什么也不赐予我所求？

佛陀：
为什么你会死？
为什么你总是逃避我？
我一直在为你擦眼泪
为什么你连同我给予的都让流走了？

诗人：
为什么？

佛陀：
为什么？

创作时间：2013 年

镜子的灵魂

像是裸体姑娘在梦游
从镜框里悄悄走出
镜子的灵魂整夜飘在房间
呢喃清晰影子绰绰

微启的眼帘和睫毛
稍稍一动她就惊远
像是裙裾被撩起的妇人
抽搐一番害羞地蹲下

散发着清冷的光芒
即便躲闪于帷幕之后
用明亮的目光凝视着
时隐时现在眼前

像是好奇的女孩忍不住走出来
彩虹似的身段袅娜到跟前
伸出她冰冷的手
抚摸我的脸和脖子

在我暖暖的呼吸里取暖打盹

她在我身旁坐到天亮
忽然调皮地睁开眼时
她的光体转瞬消散

创作时间：2012 年

雪

雪在下，寂静，雪
你走的那天那般的寂静
雪在下，寂静，雪
你站在窗外一样寂静

"走吧"是我喊的，你真的给走了
忍不住追着你，我奔跑
你走了，我哭着奔跑，滑倒了
没有一片雪吱声，沉默的雪

我的心像膝盖一样蹭破了皮
那天的，正是那天的雪在下
唯独有梦好像在继续，寂静，雪
仿佛是你在走，不断地在走，我一直在奔跑
波澜无边冰冷的雪

呵，像是永远飘洒一般，永远不会融化一样
幼稚的雪在下
仿佛永远不会怀念一样，仿佛能忘掉任何人一般
想起自己曾经的傻

在，在的一切都在，遍地都是雪
不在的，只有你
雪一直在下

创作时间：2012 年 12 月

巴·嘎拉桑苏和

　　巴·嘎拉桑苏和（1972—　），1972年出生于肯特省。蒙古国后现代派诗人，曾获蒙古国作家协会奖，著有《人类学》《劝佛之言》等多部诗集。

关于感知的十六行

我听到了寂静
听到了寂静鼓起掌
表达高兴的感知时
连话语都苍白

胜过坐、走、躺、跑、举手、放下
伸懒腰、打哈欠、笑、生气、寂寞
倾听、诉说、遗忘、做梦、发窘、焦急的
美好感知和隐忍对于活着而言真是非常有用

妈妈给我的最美礼物
就是敏感——哭泣、伤心、激动、等待
疼爱、悲悯、尊重、喜欢
关心、宠爱，还有厌弃

灵魂从身躯一出一进地撒着娇
影子虽然厌烦我，依然不离不弃
贪念、欲望、仇恨，从我体内远去
手握放大镜检验所有的感知是否俱全

无题

女人是鱼

我是渔夫

——上钩了么？

——不上钩啊

生活是岛

哎呀我是行者

——独自行走不易吧？

——不孤独可真难

银子是食粮

我是鸽子

——需要啄食吗？

——给给看啊

诗歌是灵感

我是书记员

——有灵感了吗？

——灵感是不让人安生的

死亡是天

我是启明星

——还未陨落？

——尚有不会陨落的星星

关上心房

封存了生命的火焰关上心房
点燃檀香盘腿而坐睁开双眼
赶走作为梦之守护者的智慧
不再召唤擦肩而过的迷途者
让心情变得空灵释怀
将心态放至平静踏实
让思绪变无（什么都不再想）
让聆听自己的心意（连同想法）变无
让审视自己的觉悟（连同智慧）变无
让感知他人的敏感（连同自己）变无
把希冀和欲望一起放下，不管在何处
将达不到的目的、圆不了的思念全部遗忘
不吃犹豫、气馁、幸福之类的药也可痊愈
撕掉痛苦、忧伤、哀愁的药方
讥笑时间、空间之狭隘的定义
熬茶、煮饭的瞬间自动关了心房

为了诗歌维新的百年之战

金色的秋天、银色的月亮、铜色的云
金色的秋天、银色的月亮、铜色的云之间隙
酒鬼一样的酒杯在诗人一样的桌子上
陷入思想者一样的沉思
光一样狗的声音在犹如悲观的夜里
像是握着手电筒的女人轻轻地叹息……
金色的秋天、银色的月亮、铜色的云
金色的秋天、银色的月亮、铜色的云之间隙
情人一样的酒瓶，哲学家一样的酒
诗人一样的酒杯，月光一样的
桌子上像是客人一样
像是经典画卷……
金色的秋天、银色的月亮、铜色的云
金色的秋天、银色的月亮、铜色的云之间隙
酒鬼一样的酒杯，诗人一样朗诵着诗歌摇晃
美味开怀的诗人，桌子一样沉睡
酒瓶，像是哲学家一样沉思
猫咪打哈欠的声中灯笼碎灭
青蛙一样的闹钟发出叫醒的声音……
金色的秋天、金色的月亮，铜色的云

创作时间：1991 年

小城

像是轰炸机一样的云朵下
小城像个陈旧的伞
展开时，像学者抑或小偷
扣着剩下的扣子，立起衣领一般
满城的光明明灭灭

小城蝴蝶般无语的灯笼
小城清脆的狗叫声
小城女人们暧昧的哭泣
小城酒鬼们沙哑的叫喊

作为小城温度表的
蓝帽子警察像是水银般
在寒冷的街道上
像是各色的蝴蝶一样游走

到达蝴蝶之乡的游客
在旅馆朗诵着埃兹拉·庞德的诗
值班的女人为正在聊天的情人讲述
游客们关于蝴蝶故乡的传说

旅馆前小树林的叶子
任性得像是精神病院
饱尝苦痛的门一样发出声响时
小城的一切像是布告一样甚微
这样的情形让我们厌倦，抑或叫我们忧伤

在蝴蝶的故乡

逃开丝丝细雨的蝴蝶
躲在松树般的芦苇下
冷酒一样的水洼中见到自己模样
轻轻蘸一蘸薄薄的羽翼

在温都尔汗① 边缘的蝴蝶之乡
清晨等着从温都尔汗来的客人们
夜晚蝴蝶的流浪
花蝶们唱着关于爱的歌曲

蝴蝶之乡黝黑的蚂蚁
拿着蝴蝶酒醉回家时遗落的
透明的羽翼碎片
做遮挡圆月之光和尘埃的
一扇门，并将它关闭时
黑黑的屋子里剩下
点了灯一般的光亮
他给孩子们
讲述醉酒蝴蝶美好的故事

---

① 温都尔汗：地名。

蝴蝶的哭声像是骆驼的哭泣
蝴蝶的笑声像是小狗在笑
蝴蝶醉了像是姑娘醉了
蝴蝶的睡相像是喇嘛的睡相

创作时间：1991 年

空欢喜

试着被一滴水包容
钻进山洞住一宿
从自身逃逸出去时
所有的自我都已不存在
见过多次才明白
发现真的没有死亡
融进太阳的身躯
我没觉得有多可怕
不管是不是在这里诞生
诞生，无处不在
月亮上徜徉
没忘了那份美好
让我懂得一切未知的
旅行
让头脑得到了休息
抵达了空欢喜
远离了孤独

高·孟克琪琪格

高·孟克琪琪格（1973—　），1973 年出生于东戈壁省。蒙古国女诗人，现任蒙古国作家协会主席，曾获蒙古国作家协会奖。著有《心灵之声》《给你》等多部诗集。

目光

轻轻走来，你从锁眼看我的时候
受惊的我，连你的眼睛都没看到
从一丝光都无法涌进的钥匙眼
你一定是看到了我的全部模样
我的脸庞烧灼，口袋里的信笺欲出
连太阳都羞涩，来不及躲藏云后
从微风都吹不进来的钥匙眼
你为了看我一眼而一路奔来
定不知影子之外有一双翅膀助你
虽说，用忽闪的睫毛拍打着尘埃
一定因极度热烈的爱恋而焦渴吧？

我画了你

你曾是一张洁白的纸

一点一线毫不含糊

不敢有一丝怠慢，我画了你

喜欢着，用艳丽的红色顺畅地画了你

先是画了你的耳朵

在你的耳畔悄悄说了自己的心愿

只见你不停摇头

之后画了你的眼睛

怕你冷，没画泪水

仿佛说就这样继续，你在频频点头

你的嘴唇，我画了很久

怕你背叛，嘴唇画得很小

仿佛你已厌倦，不由歪着脑袋

最后画了你的腿

你没说去哪儿，跑得没了踪影

你让我画了个够

跑回你的爱妻身旁

你已遗忘了你的脑袋

请不要告诉我的妈妈

请不要告诉我的妈妈
我爱上了什么人
我可怜的妈妈会伤心
她会责备自己太大意
她会背着别人哭泣

不要说我坐卧都想着他
不要说我想着想着会流泪
不要说他有着棕色的眼睛
不要说未能结缘却为他写了诗
请不要告诉我的妈妈

不要说我梦醒后的兴奋
不要说我见面后的担心
不要说他有着黑黑的眉毛
不要说他吃醋时的坏脾气
请不要告诉我的妈妈

不要说他偶尔会抚摸我的头发
不要说他扰乱了心怀之后远去
不要说他有着说谎的嘴唇

不要说他蜜语甜言后的吻
请不要告诉我的妈妈

厌弃花朵的蝴蝶都是花斑色的
不能承受的爱是自己找的
请不要告诉我的妈妈，他属于别人
她会心疼我，过早地老去
请不要告诉我的妈妈

离开尘世的诗人们

敞开胸膛将你埋藏而大地哭泣
野花因为你的极度美好生长在你的上面
我单薄的爱徘徊在你身旁
不能在你的视线而泪如涌泉
天上有流星时陨落大地的石头
为了在你的额头俯首，低吟着你的名字散落
穿过黑暗的微孔，烛光摇曳时
悲痛和伤感挥洒无边
越是以深深的爱追忆你们的时候
那些骄狂的诗句隐匿无踪
披着洁白的哈达，当你们缺席时
喀尔喀的诗人没了诗句而逊色
越是岁月远逝，你离我越远
越是空间模糊，我离你越近
诗歌本的页子慢慢开启
最后的诗行越来越临近

老情人

土地啊，你是我的老情人
我在你的上面点起火熬了茶
摇曳的草儿顺着我的肩
有了我头发的初样

散落雨水的云啊，你是我的老情人
忧伤怅惘兴奋激动时
我从你身上学会了哭泣
并用泪洗过的眼睛望着彩虹

旋风啊，你这个飞毛腿，
你是我远古时代冒失的情人
你调皮地追逐我，抚摸我的小腿撩开我的袍裾
我从你那里学会了如火燃烧的羞涩

照射的太阳，鹤腿般的月亮啊，你是我的情人
我歪着脑袋，忽闪着眼睛
用我的小手撩开飞尘的图案
想着快快长大，想着如何抵达你

静静坍塌的沙漠啊，你是我的老情人

我从你那里最初看到了会落在我额头的皱纹
无论如何阻挡，你都会移走都会逃离
就是厌倦自己深情的爱，也是从你那里学到的

走着走着，我已无限地爱上了你们
我会永远记住我们相恋的日子
当你敞开你尊贵的胸膛收纳我的时候
用你有着粉红色花朵的春天欢送我吧
迎接我的星球，我爱恋的尘世啊，你是我的老情人

无法相信

记得那是一个明亮的夜晚
记得有着皎洁的月光
记得清晨树木还没完全睡醒
它的根茎讲了一整夜的故事
记得抚慰我的风儿略带湿气
记得对与错之间有着我的爱恋
记得随着心灵召唤的梦是真的
记得我们在一起的瞬间停留于遥远的那一刻
别人可能听去了我俩感觉不到的声响
记得在朦胧的灯光下你离我远去
只是我无法相信你会一去不回……

秘密

像是礼物一样珍贵
我怕打开它，美好的心情
没有暧昧的气息
我怕破坏它，可爱的
不小心打开会玷污它吧
不好好珍藏会丢失它吧
会不会不小心洒了
啊，请不要把我的喜欢
炫耀给那些女人听
蝴蝶都会醉死的，我的烈酒

巴·伊沁浩日烙

巴·伊沁浩日烙（1973—   ），
蒙古国女诗人，1973 年出生于前杭
爱省。曾获蒙古国作家协会奖，蒙
古国"水晶杯"诗歌大赛冠军两次。
著有《明亮的方向》《存在的彼岸》
《抵达无限》等多部诗集。

旋律

我要到亲爱的你身边
化作催泪的草原蓝天到你身边
化作躲藏在云朵后的太阳升腾
化作将无画在有之上的幻景散去
化作将真藏在假里面的讯息化解

我要到亲爱的你身边
化作呢喃你名字的金色草原风呼啸
化作一棵弯弯的柳树在原野上等候
化作唯一的一滴雨水浸在你的眼角
如若你必定摔跟头从你的身下扶你

我要到亲爱的你身边
缘分静止的时候化作信心留存
化作不给颜面的忧伤愤怒见你
化作白色狂飙在你的胸怀呼啸
化作碧绿清泉在你的心底荡漾

我要到亲爱的你身边
化作不动声色的山宽容你的过错
你的掌纹和清醒的梦印着我容颜

月亮一样孤单时化作彩虹陪伴你
嫉妒别人的眼神化作云朵遮掩你

我让亲爱的你只等我一次
最后的约会时我会姗姗来迟
当感知对我的爱轻声唤我
在那一刹那我将宣布黎明

爱

请低下头掩饰你的眼神
虽说容易激动我也是寂寞的
请用话语铺垫微笑
否则不相信啊，我是爱你的
请接受我敏感的心
这是我最后的礼物
请不要在意我任性撒娇的话
哎呀，我是不适合忧伤的
亲爱的，你独自来吧
从自己身上找寻我所有的信心吧
说说你直视我之后的背叛
请在我的心里，与你的过错一起停留

月亮白色闲暇里

月亮白色闲暇里

奔跑的马儿嗅水而止

美好的预兆星星一样晶莹

当三星西斜时……

月亮白色闲暇里

心事重重的女子跪向夜晚的花朵

无风的宁静中

心儿却烦乱

月亮白色闲暇里

美酒都无味

很早之前心儿开始激荡

像是野宿的月亮……

请你忘了别人

为了不后悔不忧伤
请你忘了　我爱过你

因为像清晨的梦一样冒失
请你忘了　我的吻

另外的相遇世间不少
请你忘了　过去

年轻时不乏爱恋
请你忘了　我

无知而任性的年华
请你忘了　我的拥抱

如果不想忘了那一切
请你忘了　别人

如读经典诗歌

如读经典诗歌一般凝望你的眼
完全不同于酒鬼诗人的眼睛
你有着草原天空一般的胸怀
你的眼神里却没有自由

我爱犹如移民褪色袍衣一般的草原夜晚
相信你用眼神说的话语之美好
因为与你共享了美酒一样的月光
我在骄傲中不曾学会乞求恩赐

如读经典诗歌一般凝望着你的眼
完全不同与酒鬼诗人的眼睛
你有着草原天空一般的胸怀
你的眼神里却没有自由

十月十六日

走吧

就在现在……

撒娇的话和眼泪都没用

没用，我不用平静

只要能关上这扇门

无际的原野、自由的风会迎接我

抑或是秋日的森林

即将裸去的树枝上

羞涩鸣叫的鸟儿家族会迎接我

走吧

就在现在……

穿上薄薄的风衣、轻盈的靴子

看起来会像是将飞的鸟儿

毫不含糊地留下纸条

也许，感觉像是遗书

将散发着香水的围巾扔在桌子上

用爱激活最后的诗行

出去，就在现在

放下手中的笔……

创作时间：2002 年

流淌着，流淌着……

江河流淌着，流淌着远去
流着泪，流着泪，我留在岸边
保存着我低头的倒影画面
汹涌澎湃的河流穿越了百里
当一个有着忧伤的大眼睛小伙
来到岸边饮马时
将我的画面送给他
蒙古草原的春天如此优美……
从水中看到我的样子
那小伙凝思望着远方
百里之外！他心里呢喃
然后快马加鞭
马镫上一跃
他想跨过九十九座山
也就是为了这样的情景
世界正存在着

创作时间：2001 年

仁·额木槿

　　仁·额木槿（1973—　　），又名
仁·恩和图雅，1973年生于蒙古国
戈壁阿尔泰省。曾获诗歌"金狼奖"。
处女作为《夜晚的天空》，著有诗集
《额木槿1》《额木槿2》等。

因为很爱很爱你

因为很爱很爱你
我不要与你相伴
不要在你的身旁衰老
不要浸泪于你的衣衫
不想看到你融入
起起落落的生活
不想将额头贴在你的唇
执意恳求你什么

因为很爱很爱你
我不要与你相伴
不想在你身旁扮靓
让你承受嫉妒的痛苦
不想看你沦落在
苦与悲的阴影里
不忍贪念你的怀抱
消损你的身体

因为很爱很爱你
我不要与你相伴
不想知道你

受美貌诱惑后的心碎
不忍心看你
受孤独煎熬着的伤怀
不要感知你
被迫年老的真由高跌落的疼
因为很爱很爱你
我不要与你相伴

褪去衣衫……

褪去衣衫
卸掉容妆
脱掉靴子
清理伤口
摘掉手套
去掉戒指
卸掉艳妆
揭开面具
挂起长衫
唯独赤心
无法怎样

孤独

孤独树木的颜色
与忧愁
孤独心灵的颜色
与忧愁
孤独之爱的颜色
与忧愁
孤独之唇的颜色
与忧愁
哦，该如何自画
这孤独？

心灵的天空中……

心灵的天空中

秋日升起时

心灵的花园里

秋树干枯时

心灵的湖泊上

秋鸟起飞时

心灵的深处

眼泪

簌然而下

旧日的

像是陈旧廉价的装饰品
旧日情人在门口等待
是旧日生活

像是旧日模糊的记忆
旧日的感知悄悄四溢
是旧日过错

像是将陈旧的浮尘家私
重置于老房子
迂腐傻气

像是破旧易坏的鞋子
变心的恋人敲门
重复旧日的耻辱

乌鸦会了言语……

乌鸦会了言语
讲述着
几个纪元的故事
展示了过去的
真
诶言着资产、战争
与仇恨输赢的
历史
乌鸦学会了语言时
人类恐慌了
箭枪以待
惊得乌鸦无处可落
捂着耳朵
跑掉
恐惧着
真与诚

自己

摇摆衣裾姗姗而行的女人
如同花朵的一瓣随风飘落
忧伤而高傲
铺石路上游荡的传信之风
像是她玉颈上的丝巾飘扬
优雅而美丽
驯鹿的角上潮尔① 之声悠扬
吹拂兰花之风奔跑的少年时
抒情而芬芳
像是额吉拂着茶期待着孩儿
时光的影子抚弄着妇人发丝
寂寞而可憎
生为女儿身划过这尘世的风
用鞋跟敲击这冷冷的青石路
我……很骄傲

---

① 潮尔：蒙古族一种乐器。

译后记

　　自巴·拉哈巴苏荣诗歌译本（2008 年，民族出版社）以来，我一直没有停止过对蒙古国诗歌翻译的追寻。系统地译介蒙古国诗歌，是我发自内心的愿望。

　　到 2009 年年底，一年多的时间里，我翻译了百余首蒙古国女诗人的作品。原本计划出一本蒙古利亚诗歌玫瑰卷，但是因译本所涉及的诗人有数十位，而当时的联络渠道也不够畅通，授权问题成了障碍，愿望始终未能实现。

　　不过我始终坚信这样一个道理：只要你认定一个目标，为之付出不懈的努力，你的周围便会出现与此事物相关的磁场，慢慢地又会转变成一种气场，并随之带来无限的机会和可能。

　　当然，在此首先得感谢翻译家照日格图先生，是他提议这个蒙古国文学翻译的选题，并与出版社积极沟通，推进了该选题的顺利通过。可见谋事合作中有一个靠谱的搭档，至关重要。其次，感谢出版社对我们的信任并提供这个机会和平台。没有合适的平台，任何努力都是徒劳的。最后，感谢蒙古国作家协会、蒙古国相关诗人研究学会（却诺木研究学会、乌日央海研究学会）以及道·索米娅、高·孟克琪琪格、贡·阿尤日扎那等蒙古国诸位诗人朋友的支持和帮助，还要感谢琛·达木丁苏荣、奥·达什巴勒巴日等已故诗人的子女给予我的信任和重托。

　　需要说明的是，该译本在诗人和作品选择上，由于翻译授权、读不到原文诗作等两方面原因和本选题有望延续的可能性，这次遴选了琛·达木丁苏荣、达·纳楚克道尔基、博·雅布呼朗等大文豪级的诗人及罗·乌力吉特古斯、巴·嘎拉桑苏和等"70 后"诗人共 17 位诗人各 7 首共 119 首诗歌。"7"和"9"在蒙古人的思维里有着至尊吉祥的意味。这些诗人出生在 20 世纪百年之间，其诗作创作年份将近跨越百年。

在此，我想先说说跟大文豪琛·达木丁苏荣的缘分。2015 年夏天到蒙古国，听说他的女儿在俄罗斯，获得授权书有一定困难，心里不免有些沮丧。但是临回国的前一天，诗人道·索米娅博士高兴地告诉我，他的女儿刚好回乌兰巴托了，说愿意将汉语翻译授权书给我。这可真是天赐机缘啊！我觉得这个细节值得永远珍藏。

达·纳楚克道尔基，这次我要挑战的是他的代表作《我的故乡》。这首，难就难在之前已有几个成熟译本，好就好在之前我没细读过任何一个译本。这样，我知道自己就不会被阅读记忆框住。读这首诗，层层叠叠的比喻朝我汹涌澎湃而来……我发现母语的海洋如此浩瀚无际、如此丰富无比。我要摒弃自己的意念，尽量忠实于原作，尽量还原，尽量无限接近地还原……翻译初稿出来，我发给我的朋友宝贵敏女士，她跟著名蒙古国学者尼玛老师蒙汉文对照分享了这首诗歌，之后她转达尼玛老师的话："她的词汇量惊人地丰富。"听到老先生的鼓励，我又多了一点勇气和信心，接着斟酌再斟酌。

领略了博·雅布呼朗的抒情、仁·却诺木的犀利、达·乌日央海的哲思、奥·达什巴勒巴日的佛性之后，我遇到了冬·朝都勒的叙事诗。可以说，这是我第一次翻译叙事诗。其中一首《吝啬鬼一家的传说》也刚好接触不久。那是在 2015 年春天中央民族大学蒙古语言文学系学生诗歌朗诵会上，听到这首诗的朗诵，我不由流泪了。而之后的翻译，我也是流着泪完成的。因为作品中那为了故土、为了祖国，好男儿不惜抛头颅洒热血的大情怀深深地打动了我。诗中处处以"吝啬"做铺垫，最后以"毫不吝啬"收尾，带着泪的幽默，纯朴真挚的笔墨，让我真正触摸到"人民"的风骨，"祖国"的含义。

巴·拉哈巴苏荣的诗歌始终是我的热爱。译过了他情诗的炙热，哲理诗的深邃，抒情诗的优美韵律，诗剧的跌宕起伏，当译到《苍茫的大地吞没月亮的清辉》《决裂》等诗歌时，我忽然触到了他文字里的"毒"：

> 苍茫的大地吞没 / 月亮的清辉 / 饥饿的小白狗一样的月亮 / 跪着舔湖水的波澜 / 像是用我的泪水漱口的 / 姑娘一样的 / 水 / 伟大而高贵的 / 水 / 它不饮用光辉，让它漂浮着 // 水 / 吮着水草 / 不吞咽，让它撒欢 / 啃噬着山 / 不咬嚼，让它消损 / 水 / 将罪孽的 / 带孔珠子 —— 我 / 像佩戴在死神脖子上的项链一般 / 温柔地串起 / 月亮的清辉 / 流向苍茫的大地 / 只跪向水（《苍茫的大地吞没月亮的清辉……》）

水火无情。火的猛烈与狰狞是看得见的。而这"伟大而高贵的"水——光，奈何不了它，无法消融它，只好"漂浮着"；山，奈何不了它，无法一了百了，任其"啃噬"，受其折磨；我，奈何不了它，被当作"带孔珠子"，"像佩戴在死神脖子上的项链一般 / 温柔地串起"。

读着独具匠心的"毒"，读到了诗人对万物生灵的大悲悯。

沙·朵勒玛的《生活有爱才幸福》是我大学时曾学唱的歌，那词曲至今萦绕在耳畔。桑·乌云的《吻你》是歌手哈琳的成名曲，歌迷们十分熟悉。2013年初冬时节，我在呼和浩特的一次文学聚会上邂逅这两位诗人。沙·朵勒玛已年过八旬，桑·乌云也已近古稀之年，但她们朗诵诗歌，不，她们背诵诗歌几十行，却无忘词卡壳，谈起诗歌神采奕奕……她们的高贵、优雅，真诗意，真性情，令我折服。

道·索米娅的诗歌内省内敛，高·孟克琪琪格的诗歌激情四溢，巴·伊沁浩日烙的诗歌意境优美，仁·额木槿的诗歌新颖独到。我曾以一篇《真情的歌者》译介过蒙古国部分女诗人的诗作，也爱极了她们的诗歌，先后翻译了数十名女诗人的百余首诗歌。其中，罗·乌力吉特古斯的诗歌，是我最早并重点关注的。

说起与罗·乌力吉特古斯、贡·阿尤日扎那夫妇的相识，就必须提到我的弟弟阿古拉。那几年他一直在蒙古国工作，当得知我在关注并翻译罗·乌力吉特古斯作品后，他主动与贡·阿尤日扎那取得了联系，在我和这对天才诗人夫妇之间搭起了诗歌和友谊的金色桥梁。我和罗·乌力吉特古斯本人一见如故之前，和她的文字早已一见如故。感觉她所说的忧伤是缠绕我多年的忧伤，感觉她所说的疼痛就是我感受多年的痛，感觉她的呐喊是卡在我喉咙的那一声吼，感觉她的叛逆就是我骨子里的叛逆……文字的内部，我与她相遇相知甚欢喜。最有感觉的时候，我曾一夜译过她的十首诗歌，基本一气呵成。《诗探索》杂志曾一次性刊用我译的罗·乌力吉特古斯诗歌 21 首，《世界文学》杂志也一次性刊发过 5 首。林莽和高兴等诗人曾对罗·乌力吉特古斯的诗歌赞不绝口，评价她是一位难得的诗人。2015 年，我们终于见面了。我俩打开话匣子便收不住，惺惺相惜，求同存异，相互尊重，相待如亲人。

对贡·阿尤日扎那的诗作，我关注得比较晚，深度阅读并着手遴选和翻译后，不由感叹这对诗人夫妇可称得上伯牙子期，琴瑟相和。蒙古国诗歌维新的希望，我以为应该在贡·阿尤日扎那、罗·乌力吉特古斯、巴·嘎拉桑苏和等这一代诗人身上吧。

最后，我想由衷地说一句，这个译本所呈现的作品，若能展现多层次、多色彩、多元多维的蒙古国诗歌风貌，哪怕能让汉语读者对蒙古国百年来的诗歌发展脉络有一个大体的了解，我也就知足了。

路漫漫其修远兮，吾将上下而求索……

2016 年 1 月 12 日丑时